虹色のうさぎ

髪をかき上げ、キスをして、聖はぴったりと奥まで性器を入れてくれる。一番気持ちよくて、快楽だけに支配されてしまう、深い深いところを、熱くて硬い切っ先がかき回す。

虹《にじ》色《いろ》のうさぎ

葵《あお》居《い》ゆゆ

ILLUSTRATION：カワイチハル

虹色のうさぎ

LYNX ROMANCE

CONTENTS

虹色のうさぎ

◇　庭の中　――もも色――　◇

「響太《きょうた》、歯磨《はみが》けたか？」

利府《りふ》響太がバスルームから戻ると、キッチンに立っていた伊旗聖《いはたひじり》が声をかけてくる。手にはおたまが握られていて、響太は引き寄せられるように歩み寄った。

「うん、磨いた。なに作ってるの？」

「チルケパプリカーシュ」

聞いたことのない料理名を、聖はさらりと口にする。響太がぽかんとすると、ハンガリーの家庭料理だよ、と教えてくれた。

「ネットで見て、うまそうだったんだ。明日の夜ちょっと遅くなりそうだから、作ってる。煮込みは一日おいたほうが味が染みてうまいし」

「いい匂い。きっと絶対おいしいよ」

赤い色はトマトではなくパプリカらしい。七月も半《なか》ばになって蒸し暑い日が増えたけれど、聖の作る料理のあたたかい湯気は、いつでも響太をくつろいだ気持ちにさせてくれる。こぢんまりした二人きりの居場所で、不安も不足もない、優しいピンク色の気持ちだった。

出会ってからもう十五年になる。普通とは言いがたい家庭で育った響太が、唯一面倒をみてくれた祖母を亡くして以来、いわゆる幼馴染《おさななじ》みという以上に、聖は響太のそばにいてくれた。最初は家が隣同士で、高校を卒業してからは二人で暮らしはじめたから、長いこと響太にとっての聖はたった一人の家族みたいな感じだったけれど、今年の三月には「恋人」になった。

鼻を動かして素朴《そぼく》でスパイシーな匂いを嗅《か》ぎながら、響太は聖の腕にぎゅっとしがみついた。

しっかりと力強い聖の腕の感触も、響太は好きだ。聖には嫌いなところなんて、ひとつもないのだけれど。

「聖、ありがとね」

「どうした、急に」

「だって、もうちょっとでフランスだもん、忙しいよね？」

パティシエをしている聖が参加するコンクールの開催は来週に迫っていた。四日後には日本を発《た》って、フランスに向かうのだ。前日まで変わらず仕事があるというから、大変だろうなと思う。コンクールに出るという緊張もあるだろうに、聖は普段どおりに響太の世話を焼いてくれている。そもそも、パティシエになったのも「響太がケーキが好きだから」という理由だった。いつだって聖は、響太にだけは絶対に優しい。

響太にだけは。

「……ほんとに、おばさんたちのとこ、行ってこなくていいの？」

幸せで満ち足りた聖との生活で、気がかりなのはひとつだけだ。どうにも、聖が家族と仲良くしていなさそうなところ。

せっかくコンクールに参加するんだし、フランスに行く前に会ってきたらと響太が言ったのに、聖はそっけなく断ったのだった。

両親を安心させたくてコンクールに出ると決めたこと、そんなふうに大事に思っていることを、ちゃんと伝えればいいのに、と響太は思う。去年からずっと治療を続けていた聖の母親は、無事に快復し、今は月に一度の通院と日々の服薬《ふくやく》だけでよくなったらしい。せっかく元気になったのだから、できれば仲良くしてほしかった。

腕を抱きしめるようにして見上げると、聖は凛々《りり》しい顔を鍋《なべ》のほうに戻す。

「行く暇ないし、帰ってきてからでいいよ。変に仰々《ぎょうぎょう》しくしたくない」

以前のやりとりのときと同じく、聖はそっけない表情をしていて、やっぱり喧嘩《けんか》したのかもな、と思うと胸がちくちくした。

普段はおっとりと優しいおばさんの、あの日の呆然とした顔を思い出す。

聖が響太と恋人としてつきあっていると宣言したのは三月のことだ。その後、五月に一度、聖は実家に顔を出したのだが、そのあとからぱったりと行く気配もない。もともと家族の話をするほうではないから、普段どおりと言えば普段どおりなのだが、ちょっと違うような気が響太にはした。なんとなく怒っているような苛立《いらだ》っているような気配が、こうやって家族の話題を振ると漂ってくる。

(俺の生活は元どおりになったけど。聖はきっと違うよね)

恋人と友人の差はあれど、聖と一緒の生活は響太にとって、以前と同じく幸せで満ち足りている。

前より接触が濃密になり、幸せ感も強くなっただけで、ほかはなにもかも元どおりになって、足りないものがない。

でも聖は、家族と疎遠《そえん》になった分「元どおり」ではなく、「満ち足りて幸せな状態」ではないのではないか――そう考えると、申し訳なく、寂しい気持ちになる。

響太自身は中学生の頃両親が離婚して以来、引越しして専門学校に入るときに、事実上別居状態だった母親に連絡したきりで、もう何年も声さえ聞いていない。彼女の顔も、母よりもっと会っていない父の顔も当然覚えていなかった。今さら、会いたいとも思わない。それはきっと両親のほうも同じだろう。

けれど、聖は両親も姉も健在で、響太と恋人だと宣言する前には、いかにも家族らしく仲良くしていたのだ。

ぎゅっと腕を抱いたまま響太が黙ると、聖は響太を見下ろして、切れ長の目尻をかすかに下げた。

「響太は心配しなくていいんだって」

「でも」

「それより、悪いな。あんまり食事一緒にできなくて」

聖は強引にはぐらかしてしまうつもりのようだ。小さくため息をつき、聖の家族のことはいったん忘れることにして、響太も微笑《ほほえ》み返した。

(聖が言わないなら、俺が言えばいいよね)

「平気だよ。聖のだったらいつでも食べられるもん」

「おまじないも、先払いしといてやる」

聖は真面目《まじめ》な顔で言って、唇を近づけてくる。響太は目を閉じてそうっと口を開けた。

おまじないのキスは、祖母を亡くしてからごはんを食べられなくなった響太のために、聖がずっと続けてくれている習慣だ。聖の作ったものは普通に食べられるし、聖が触れたものなら紙でもおいしく食べられるのだが、今でもこうしてことあるごとに「おまじない」をしてくれる。

ちゅ、と触れて離れた唇は、間をおかずにもう一度触れてきて、今度は優しく舐《な》められる。厚みのある舌が気持ちよくて、響太は自分からそれに吸いついた。不安も気がかりも一瞬で消してしまう聖のキスは、おまじないというより魔法だなと思う。

どんなときだって、キスしてもらえば響太は全部忘れられる。聖のことだけでいっぱいになって、満たされて、安心できる。

「ん……っむ、は、ぁ、聖……」

「目、とろんってなったな」

聖は小さく笑う。可愛《かわい》い、と呟《つぶや》かれて響太は赤くなった。こういうとき、聖はすぐに「可愛い」と言うのだ。

(前は言われなかったのに。——恋人、だからだよね)

聖が「なりたい」と言ってくれた恋人同士だ、と思うと、胸がうずいて落ち着かなくなる。いくら

行為を重ねても、聖に好きでいてもらえている、と実感するたびに、嬉しさと恥ずかしさで苦しくなるのが、自分でも不思議だった。

いい加減、慣れてもいいはずなのに。

俯《うつむ》くと、聖は頭のてっぺんにもキスしてくれた。

「先にベッド行ってな。もうちょっとでできあがるから、そしたら風呂入ってくる」

「う、うん」

耳まで熱くなって、響太は聖の顔を見られないままキッチンを離れた。する前、のこういうやりとりも恥ずかしい。

全身の肌がそわそわしているようだった。ベッドに潜《もぐ》り込んでも落ち着けなくて、膝を抱えて丸くなる。できるだけ考えないようにしようと思っても、脳裏《のうり》には聖の顔が浮かんできた。じっと見つめてくる目の夜のような色、胸を舐める赤い舌、響太の脚を摑《つか》む手の大きさと力強さ。

(あ……だめ。おなかの奥、あっつい)

一年前は聖とセックスするなんて考えたこともなかったし、半年前には、絶対にないだろうと思っていた。でも実際には、毎晩のように触れられて、抱きしめられて眠っているのだ。そうして、毎晩抱きしめられても全然――全然、足りないみたいに、聖のことを考えるだけで溶けそうになる。

早くぎゅってしてほしい、と思うのに、聖はなかなか来なかった。

やっと来たときには、どきどきしすぎてこめかみが痛いほどになっていて、なんでこうなっちゃうんだろう、と思いながら響太は手を伸ばした。

「聖、遅いよ……」

「悪かった。待ちくたびれた？」

ふっと優しく微笑んで、聖が唇を押し当ててくる。受けとめた響太は、腕を聖の首筋に巻きつけた。

「ん……ひじり、……っ、んん、ん、く」

絡《から》まる舌が気持ちいい。ぼうっと頭の芯が霞《かす》んで、乳白色《にゅうはくしょく》に染まっていく。ぬるついてあたたかい聖の舌を、差し出されるまま夢中で吸うあいだに、聖は響太の服を捲《まく》り上げた。

「んぅ、あっ、あ、聖っ、あ、あっ」

痛いくらい尖《とが》った乳首をかるく押し潰されて、鋭い快感に仰《の》け反ってしまう。聖は響太の目元に口づけて、嬉しそうに笑った。

「してるときにおまえに名前呼ばれるの、すごく好きだ」

「す、好きって、あぅっ、あ、ひっぱるのや、ッア、あっ」

「おねだりされてるみたいだから」

耳朶《じだ》をくわえ、そこも舐めてくれながら、聖は乳首をもてあそぶ。指でつままれ、出もしないミルクを搾《しぼ》るみたいに、根元を揉《も》んではぎゅっとひっぱられて、じわっと涙が滲《にじ》んだ。下着もハーフパンツも身につけたままなのに、ぱんぱんに性器が張りつめている。

「で、出ちゃうよっ……聖ぃ……」

「まだ、ちょっといじっただけだろ。舐めてやるから」

あやすように言いながら、聖は乳首から手を離して、かわりに顔を伏せた。つん、と舌で尖りをつつかれて、響太の腰はひくりと震えた。

「あぁっ……やだぁ、……脱ぐっ、出る、出るからっ」

「いいよ、出して」

「あ、ひ、あぁっ、あーっ！」

濡れた唇で吸われると、目の奥がちかちかした。すかさずもう片方の乳首もつままれて、転がされ、くわえられたほうは歯に挟《はさ》み込まれると、強烈な痺《しび》れが下腹部に奔《はし》っていく。

「っ、ん、く、ぅ、あっ、――ッ」

我慢しようと努力できたのは一秒ほどで、響太はあっけなく弾《はじ》けた。聖の胴に自分の股間がぶつかるのを感じながら、何度も腰を揺らして吐精する。どろりと下着を濡らしてしまい、はぁあ、とせつないため息をつくと、聖はウエストに手をかけた。

「気持ち悪くなっちゃっただろ。今脱がす」

「だ、だから先に、脱ぐって言った、ん……っあ、あ、垂《た》れちゃうっ」

「いっぱい出てる」

とろっと太ももに落ちた精液を、聖は舌を伸ばして舐め取った。

「響太、上脱いでて」

「わかった……あ、やだ、ちょっと待っ、はぅっ」

言われたとおり脱ごうとTシャツを手で摑んだら、聖が性器に触れてきた。射精したばかりでくったりして過敏なそこをこすられると、じくじく痛んでつらい。

「や、痛い、はっ……あ、あふっ……は、ぁ……っ」

「ほら、ちゃんと脱げって」

やわやわと扱《しご》きながら促《うなが》され、響太はだるい腕を動かして頑張ってTシャツを脱ごうとした。けれど、裾を顔まで持ち上げたあたりで、ぬるっ、と性器を含み込まれて、悲鳴みたいな声が出る。

「ひゃっあ、あっ、ひじ、り……は、ぁあっ、アッ」

交差した両腕で顔をふさぐような格好のまま、響太は身悶《みもだ》えた。ひりつくように感じる鈴口《すずぐち》を、聖の舌が撫《な》でている。ささやかなくびれの部分を唇がぴったりと覆っていて、やわらかかったそこがどんどん芯を持っていくのがわかる。

「ふぁ、や、またっ、また出るよっ、ひじり、舐めたら、い、いっちゃ、」

「飲みたい」

「ひぅっん、あ、あぁッ」

くわえたまましゃべられて、ぞくぞくした震えが身体《からだ》を駆け抜けた。聖の手がつけ根から薄い茂みをかき混ぜるように撫で、後ろに回って、優しく尻を摑んでくる。くぅっ、と指を食い込ませて揉《も》みしだかれ、胃の下のほうがぎゅっとよじれた。

「はあ、あっ……ああ、ひじり……ああ、は、ぁっ」

きっと今日は入れられるんだ、と思うと目尻から涙が溢《あふ》れた。嬉《うれ》しかった。

隙間《すきま》なく、極限まで近づいて、身体の中でも外でも聖を感じられるのは、この世で一番気持ちのいい時間だ。

Tシャツで涙を拭《ぬぐ》うようにして脱ぎ去って、響太は口淫《こういん》をほどこす聖を見下ろした。頼りなく左右にひらいた響太の脚のあいだで、聖は熱心に舌と唇を動かしながら、上目遣《づか》いに響太の顔を見つめていた。真剣な顔を見たらいっそう泣きたくなって、響太は震える唇をひらく。

「聖……後ろも……、孔《あな》もして……っ、も、出ちゃうから、早く……」

「——入れてほしい？」

口を離して聖が静かに訊《き》いた。響太は何度も首を縦に振る。

「うんっ……ひ、ひじりと、したいっ、から、して……っ」

「待ってな。今ほぐしてやる」

聖はかすかに口元を綻《ほころ》ばせる。

「今日はできたらいいなと思って、準備しといてよかった」

そう言った聖はベッド脇のテーブルから瓶《びん》を取る。白っぽい色をした中身は、聖お手製の潤滑剤《じゅんかつざい》だ。

「ふ、ふつーのでもいいのに」

こんなときまで聖の作ったものを使われるのは、いくらなんでも過保護だと思う。実際、市販のものより気持ちいい気がするから、余計にだ。

　小声で訴えた響太に、聖は優しく叱るように言う。

「だめ。してる途中で具合悪くなったら困るだろ？　それとも、俺にいっぱい舐められてから、市販のでほぐされるほうがいいか？」

「舐められるのはやだけどっ……ふ、ぁ、あっ」

　少し冷たい、とろみのあるそれがすぼまりに塗りつけられて、響太はぶるりと震えた。ゆっくりと指を埋めながら、聖はおへそのあたりに口づける。

「舐められるの嫌、とか言われると舐めたくなるな」

「やっ、だって、恥ずかし、はぁっ、ふ、……は、ぁ、んッ」

　おへそに当たる唇は熱い。身体の内側では聖の指が襞《ひだ》をかき分けるように小刻みに動いていて、危《あや》うい快感が伝わってくる。

「は……ひじり、ぁ、なか、あっ、あぁそこっ、あ、ア、……アッ」

「ここ好きだろ」

「あッ、あんま、はぁっ、つよくは、しないで、あぁッ」

　押されるとたまらなく感じる場所を聖に触られると、もっと奥のほうが熱くなる。聖のものを全部受け入れたときに突き上げられる奥の奥が、ぐしゅぐしゅにとろけていくような感覚だった。

「響太のここ、やわらかくなるの早くなった」

囁《ささや》いた聖が指を二本に増やし、深々と埋め込んで、響太はシーツをきつく摑んだ。

「あーっ、や、待っ、あッ、……ぁっ、あぁッ」

聖が指でピストンするのにあわせて、お尻を差し出すように上げてしまう。指のつけ根が股間のやわらかいところにぶつかるのも、内壁《ないへき》をすばやくこすり立てられるのも、どうしようもなく気持ちいい。

「ひじりっ、も、もういい、あっ、も、いいからっ、あぁぁっ、出、ちゃう、またっ」

「いいよ、達《い》く顔見るの好きだし」

身体の芯が縮むような、絶頂直前の感覚が襲ってくる。気持ちよくて今にも達きそうなのに、一番奥の、あそこまでは指では届かない。どんなに達しても、あそこにぴったりと聖の硬くて熱くて大きいものをきつく押しつけられないと、もどかしいのだ。

「やだよぅっ……ひじりの、入れ、あっ、いれて、あぅ、い、いくからっ」

「いっぱい出しな」

わざとのように優しい声を出した聖は、ずんと指を突き入れると、中で小刻みに動かした。細かく内襞をタップされ、ぞくぞくとびりびりを混ぜたみたいな、崩れそうな快感が襲ってくる。

「っ、ひ、んッ、ン、アッ、……っ」

電撃に貫かれるような快感に一瞬遅れて、びゅっと精液が溢れ出す。聖の指の動きにあわせて、少量ずつ数回吐精してしまうと、頭がくらくらした。

「は、……ぁ、ああ、……っ」

ぬるっと指が抜けていく感触に身悶え、浅くて荒い息をつきながら、響太は聖を呼んだ。

「ひじりっ、ひどい……入れてって、おれ、はぁっ、言った、のに」

「まだ、入れてほしい？」

精液でべたべたになった響太の下腹部を撫でながら、聖はじっと響太を見つめてくる。熱のこもった、怖いくらいの瞳。

「……ん、ほし、から……入れて……？」

響太はだるい太ももを大きくひらく。ほしかった。奥の奥まで、隙間なく、余すところなく聖で埋められたい。埋め尽くして、貫いて、突き抜けるくらい深々と占領されたい。響太の真ん中を、聖だけでいっぱいにしたい。

涙で潤んだ目で見上げたら、聖は嚙《か》みつきそうな顔をした。

「……おまえ、絶対ほかのやつとセックスするなよ」

「な、に言って、あっ、は、……ふ、ぁあっ……」

そんなのするわけないのに、と抗議したかったが、熱い塊《かたまり》をあてがわれたら全部吹き飛んだ。すごく硬い。充実して反り返るほど怒張《どちょう》した聖の雄《おす》が、なめらかに響太に打ち込まれてくる。

「あぁ、あ、アッ、……く、くっついて、るっ、は、ぁッ」

燃えちゃう、と思いながら響太は手足を聖の身体に絡みつかせた。強い圧迫感で苦しいのに、もっとほしい。重みを増した下半身はまるで自分のものではないようで、すごくいい、と響太は思った。つながっていて、半分、聖に奪われたみたいな感じ。真っ赤な色が下から押し寄せてきて、飲み込まれてしまう感じ。

高い高いところまで上るのに似ている。あるいはブランコで、一番上まで漕《こ》いで落ちる瞬間。

ああ、と途絶えそうな息を漏らして、響太はより深くまで穿《うが》ってくる聖に、すべてを明け渡した。

翌朝目覚めたら、聖はもう仕事に出かけたあとだった。

あくびをした響太は、目を閉じて甘い気だるさを味わった。ざらついた紙にぎりぎりまで薄めたピンク色の絵の具を落としたみたいに、身体が曖昧《あいまい》な気がする。あちこち痛いけれど、その痛みも幸せ気分に水を差したりしないのだから、すごいよな、と思う。

目が覚めた瞬間に感じる幸せは特別だ。離れていたときは聖がいないと実感するたびにうすら寒い灰色まみれになったのに、今は隣にいなくても、ここは聖と暮らす家で、夜になれば帰ってくるのだ、と思うとにやけたくなる。

予定がなければ布団《ふとん》に潜り込み直して、もう一度寝たい気分だったけれど、今日は聖の母親と会う約束をしていた。

おばさんに会いに行くことは、聖には告げていなかった。

会ってきたらと響太が言っても乗り気でない聖に告げたら、「やめろ」と言われそうな気がしたからだ。

聖は「響太とは恋人がいい」と言うし、響太も聖と恋人でいられるのはすごく幸せだ。だからこそ、今でも聖の家族に対しては、少し後ろめたかった。

恋は免罪符《めんざいふ》にはならない。誰かを好きになったから、という理由で切り捨てられる側の気持ちが、響太にはよくわかる。「ひとりで平気よね」と言われた夜の、あの母の突き放すような声だけは、今でもときどき思い出した。

「だぁいじょうぶ」

おばあちゃんの口癖《くちぐせ》を独《ひと》りごちてくしゃくしゃになった癖っ毛をかき上げて、響太はよし、と気合いを入れる。

自分が聖と恋人同士である以上、聖の家族が歓迎してくれないのは仕方がない。今さら返してと言われても、聖と離れるなんてできそうもない。でも、聖には家族と喧嘩してほしくもないのだ。虫のいい話かもしれないが、自分が原因で家族仲が悪くなるのは寂しかった。

会いたいと言っても断られることも覚悟していたけれど、先日、勇気を出して「お会いしたいです」と送ったメールには、今までと変わらない穏《おだ》やかな雰囲気で「お薬もらいに行く日があるから、そのときにどう？」と返事が来てほっとした。実際に会うのはやっぱり緊張するけれど——聖のためにも、伝えておきたい。

　聖が、ちゃんと家族が好きなことを。

　冷たい水で顔を洗い、まずは腹ごしらえ、と聖の用意しておいてくれた朝食を食べようとしたら、テーブルの上にはメモと、小さな巾着袋《きんちゃくぶくろ》が載っていた。

「『おはよう。フランスで必要になりそうだから、新しいお守り作った。持ってろ。』」

　声に出してメモを読んで、響太は青と緑の葉っぱ模様の、その小さな袋を開けてみた。中から出てきた紙を広げると、「愛してる　聖」と大きく書かれていて、思わず噴《ふ》き出してしまう。

「なに書いてんの、聖ってば」

　聖の作ったものか、彼の触れたものしか食べられないという例の症状は、今はずいぶん落ち着いて、おまじないのキスさえあれば問題なく食べ物を口にできるようになった。治った、とは言えないのだが、響太的にはずいぶん気持ちが楽だ。

　そういえば四月からこっち、一人ででかけることはあっても外ではなにも口にしなかったな、と思い出して、響太は聖の作っておいてくれた食事に手をあわせた。昨日の残りのかぼちゃのそぼろあんかけ、さつま揚《あ》げの甘辛煮、オクラのおかか和《あ》え、油揚入りのもやしのおひたし。

（……ていうか、そういえば、あんまり外出しなかったのかも。打ち合わせはあったけど、それ以外って、一人で外に出てないや）

　成原《なりはら》に会いにケーキ屋まででかけたりとか、出版社の担当の篠山《しのやま》が最寄《もよ》り駅まで来てくれたりとか、ごく近所ならばちょくちょく出てはいるし、聖が休みの日には、一緒にでかけたりもしたけれど――

まるで、少しのあいだ離れていたのを埋めようとするように、聖とずっと一緒だった。

ずっとべったりだったんだ、と思うと、じわりと鳩尾《みぞおち》が熱くなった。

（きっと、甘やかしてくれたんだよね）

両思いになる前のつらくて悲しくて寂しかった気持ちは、この数か月ですっかり過去のものになった。たぶん、過去のことにできるように、聖が優しくしてくれたのだ。

新しいお守りを眺《なが》めて、響太は幸せを噛みしめた。お守りを見るだけで、後ろから抱きしめられたときみたいに安心する。大事にされているんだな、と実感できる。手作りのごはんも、そばにいてくれるのも、毎日一緒に眠ることも、キスもお守りも、全部聖が響太のためにくれたものだ。

（俺は、聖もおんなじくらい幸せになってほしいよ）

頑張らないと、ともう一度気合いを入れ直して、響太はしっかり朝食を平らげた。

後片付けもすませてからでかけて、三十分ほどかけて待ち合わせた喫茶店に着く。

病院からほど近いその喫茶店では、聖の母がすでに待っていて、明るい笑みを見せた。家が隣同士だったから、彼女とも十五年来の知り合いになる。特に祖母が亡くなってからは、おばさんもいろいろと響太を気遣《きづか》ってくれた。

「こんにちは響太くん。久しぶりね」

元気そうで、声も表情も自然だった。響太はほっとして、最寄り駅のデパートで買ってきた箱を差し出した。

「お久しぶりです。これ、水羊羹《みずようかん》なので、帰ったら食べてください」

「まあ、ありがとう。お父さんが水羊羹、好きなのよ。喜ぶわ」

お父さん、と言われてぴくりと肩が揺れてしまって、響太は曖昧に微笑んだ。ぎこちなくおばさんの向かいに腰を下ろして、アイスカフェオレを注文する。

おばさんは脇に水羊羹の箱を丁寧に置くと、穏やかな顔で響太を見た。

「聖は元気にしてる？」

「元気です。——あの」

言いあぐねて俯いてしまってから、響太は意を決して顔を上げた。

「あの、聖、おばさんとか……おじさんとかと、喧嘩、したりしてないですよね？」

「喧嘩？」

びっくりしたようにおばさんが目を丸くして、響太は頷《うなず》いた。

「五月に、一回実家に戻ったときに、喧嘩したんじゃないかなって気になってて……もうすぐコンクールなんですけど」

脈絡《みゃくらく》なく飛ぶ響太の話に、おばさんは驚いた表情のまま首をかしげる。

「コンクール？」

「はい。フランスでやるやつで、今週末出発するんです」

「まあ、フランス？　聖が出るっていうことね？　嫌だわ、あの子そんなこと一言も言わなかったのに」

「やっぱり」

運ばれてきたアイスカフェオレを見つめて、聖ってば、と響太は思う。響太には優しいのに、聖はときどき――ほかの物事にそっけなさすぎる気がする。

困ったようにおばさんは微笑んだ。

「なんの連絡もよこさないから、きっと忙しいんだろうなと思ってたのよ。ほら、去年からこっち、私のことで聖にも負担をかけちゃったでしょ。その分仕事に集中したいのかもと思っていたんだけど……そう、コンクールなの」

嬉しいようにも、寂しいようにも見える微笑み方だった。

「はい。業界では有名なコンクールらしくて……聖は、出なくてもいいと思ってたけど、そういうので賞取れたりしたら、おばさんも安心するんじゃないかって、思ってるみたいです」

「――そうなの」

伝えたら、おばさんはきっとすごく喜ぶと響太は思っていた。けれど彼女は、あまり嬉しそうには見えなかった。コーヒーを一口飲んで、気を取り直すように微笑む。

「ちゃんと頑張ってるのね。教えてくれてありがとう」

「……あんまり、嬉しくないですか？」

響太は困って膝の上で拳《こぶし》を握った。おばさんは慌《あわ》てたように首を横に振ってくれる。

「違うのよ。もしかしたら響太くん、今日はわざわざそれを教えに来てくれたの？」

「……はい。俺が嫌われるのは仕方ないけど、聖まで家族と疎遠になる必要はないよなって思ってて。俺、行く前にちゃんとおばさんたちに会って言えばって言ってみたんですけど、必要ないって聖に言われちゃって……だから、もしかしたら喧嘩したのかな、って思って。喧嘩なんて寂しいし、もったいないじゃないですか。だから、俺が伝えようかと……」

話しているうちに、自分のしていることがひどく子供っぽいような気がしてきて、響太は俯いた。

おばさんは全然聖を責めているようには見えない。響太にも優しいし、文句を言うそぶりもないのだ。余計なお世話だったかな、という気持ちが胸を掠《かす》めたが、おばさんはもう一度、丁寧な口調で言った。

「ありがとうね、響太くん」

「——」

「響太くんにはきっと、家族ってとても大切なものなのね」

「え？」

予想しない台詞《せりふ》を言われて、響太はまばたきした。響太の話ではなくて、聖の話をしに来たのに。

おばさんはテーブルの上で手を組んで、言葉を選ぶようにゆっくり話す。

「聖とは、そうね、今は仲良し、というわけではないと思うわ。特に、お父さんとはね。私も、本音を言えば、まだ戸惑《とまど》ったままよ。どうして聖が恋人として響太くんを扱うのか、心から理解できるかと聞かれたら、はいとは言えないの。――あなたを責めているわけじゃないのよ？」

「……はい」

「五月に聖が来てくれたときに、聖が怒ったのも事実よ。お父さんが、『私たちの育て方が悪かったかもしれない』なんて言い出すから……聖も反発しちゃって、それならもう顔は出さない、って言われちゃったの」

「そんな――」

じわっ、と胃の奥が嫌な感じに痛んだ。響太は無意識にポケットに手を入れ、聖のくれた新しいお守りを握りしめる。

あなたを責めているわけじゃない、と言われても、響太のせいなのは明らかだった。そうでなければ、聖はそんなに冷たいことを家族に言ったりしないはずだ。

「……ごめんなさい」

「響太くんが謝らなくていいのよ」

おばさんは響太を見つめ、聖に似た表情で、穏やかに目尻を下げた。

「聖もそうだと思うんだけど……私たち、聖を嫌いになったわけじゃないの。もちろん、響太くんのこともよ。ただ、いろんなことを納得するのに時間がかかるだけ。私たちにとっては、聖と響太くんのことは、すぐに大賛成したり、喜んだりするには大きすぎることなの。だからたしかに、今はぎくしゃくしているけれど……きっとそのうち、お互いにうまく納得できる落としどころが見つかると思う。家族って、そういうものでしょう。仲がいいときもあれば、喧嘩することも、ぎくしゃくしてしまうこともある」

響太はなにも言えなかった。家族がどういうものか、実感としてわかるかと言われたらわからない。でも、「わかりません」と言って憐《あわ》れまれるのは嫌だった。おばさんが響太のことを可哀想《かわいそう》な子供だと思っているのはよく知っていて、それがいつもいたたまれないのだ。

「響太くんは、だから、うちのことはあんまり気にしないで、思うようにしたらいいわ」

おばさんは励ますようにそう言ってくれたけれど、気持ちはあんまり晴れなかった。

「……今日、迷惑でした？」

「ちっともよ。聖の様子が聞けて嬉しかったし、それに、響太くんとこんなふうにお茶を飲むなんて初めてだから、新鮮で楽しいわ。ありがとう」

「だったら、よかったです」

よかったです、と言いながら、響太は少し後悔していた。会わないほうがよかったのかもしれない。自分のしたことは意味のない、余計なおせっかいだっただろうか。

（そのうちお互いに納得できるって、そのうちっていつ？　そのあいだ、聖はずっと家族と仲良くできないままなわけ？）

それじゃ聖が可哀想だ、と思ったけれど、それをおばさんに言うことはできなかった。だって悪いのは響太だ。響太が、自分の幸せを優先したから。

俯くと、一口も飲んでいないカフェオレが目に入った。お守りがあるから飲めるはずだけれど、口をつけたくないなあと思う。だって、どうせおいしくない。おいしくないのはわかっているけれど、普通の人なら飲むだろう。

ぎゅ、ともう一度お守りを握り、響太はストローをグラスに入れた。脂《あぶら》っこいカフェオレを一口飲むあいだに、おばさんはことさら明るい声を出した。

「響太くんも、フランス一緒に行くのよね、きっと」

「はい」

「気をつけていってらっしゃい。聖を励ましてやってね」

「――はい。お土産《みやげ》、買ってきます」

また、ちりっと痛みが走って、それでも響太も微笑んでみせた。おばさんはそれで安心したようで、食事はちゃんと食べているかとか、聖の仕事のこと、響太の仕事のことなどをあれこれ聞いてくれた。十分ほど雑談したところで、彼女は「それじゃあ」と立ち上がる。

「私、これから病院に行くから」

「あ、はい。ありがとうございました」

響太も急いで立ち上がった。レジでお互い自分の分を払って、店の前で別れる。後ろ姿もどこかおっとりして見えるおばさんを見えなくなるまで見送って、響太は長いため息をついた。

心配していたほど、聖と家族の仲が悪いわけではなさそうなのはよかったけれど、かと言って安心できるほど仲がいいわけでもなさそうだ。

響太の予定、というか希望では、おばさんはすごく喜んでくれて、聖も「わざわざ伝えてくれたのか」と喜んでくれて、全部丸くおさまるといいなと思っていたのだが、響太のおかげで聖たちが仲直りして大団円、とはいかなかった。結局、自分のせいだと実感しただけで終わってしまった。

「……画材買って帰ろ」

せっかく都心まで来たのだからと自分を鼓舞《こぶ》するように独りごち、響太は再びポケットに手を入れた。しっかりした布地の手触りに、俺もだよ、と心の中で言ってみる。愛してる。

上を見れば梅雨《つゆ》明け間近い綺麗《きれい》な青空で、聖に似合う空だなと思った。今ごろ聖は働いているだろうか。

会いたくなったけれど、顔を見ても響太に言えることはない。恋人なのに――恋人になったのに、結局我慢をしているのは聖だけだ。

(言ってくれればよかったのに。こんなこと言われた、って。なんで黙ってんのかな)

打ち明けられてもたしかに自分ではなんの役にも立たないかもしれないけれど、悲しい気分になった聖をぎゅっと抱きしめるくらいはできる。

キスとかもできるし、と思いながらずんずん歩いて、逆に言えばそれくらいしかできることがないな、と気づいて情けない気持ちになった。

まるで子供みたいだ。なんの役にも立たない子供みたいだから、聖も言わなかったのかもなと考えると納得できてしまう。

（これじゃ、聖のお父さんも、おばさんも、『響太くんが恋人でよかった』とか言わないよね……）

男だから、というだけでなく、響太が聖に迷惑をかける、悪影響のある存在だと思われても仕方ない。響太は無自覚にわがままを発揮《はっき》して、聖を独占してきたのだから。聖の作ったもの、触れたものでなければ食べられないことは知らなくても、響太が聖を独占しているのは、誰の目にも明らかだっただろう。

もし響太がこんな厄介《やっかい》な体質でもなく、甘ったれでもなく、聖がいないと生きていくのも難しいような頼りない人間でなかったら、聖の家族ももうちょっとは好意的になるんじゃないだろうか。

（たとえば、こう……石油王とか……どっかの王子様とか。もっと大人だとか。ばりばり仕事する起業家とか……そうじゃなくても聖が絶対幸せになれそうな感じの相手だったら、仕方ないけど祝福してあげよう、みたいになるのかも）

だが、「聖が絶対に幸せになれそうな相手」って、どんなだろう。

石油王は無理だし、と鞄《かばん》を握りしめ、俺なら聖にぎゅってされるだけでも幸せだけど、と考えた響太は、ぼっと赤くなった。

低く色っぽい声やあまやかな舌の動きまで思い出し、慌てて頭の中から追い払う。

（でも……理想の恋人って、聖みたいな感じだよね。優しくて、頼りになって、包み込んでくれる）

聖だって、優しくされたりいざというときに頼りにしたり、疲れたときに包み込んでくれる相手がほしいときだってあるだろう。弱った聖なんて、響太は見たことがないけれど。

（ていうか、俺が頼りなさすぎるから、弱音吐いたりとか、愚痴《ぐち》ったりとかできなかったんじゃない……？）

考えているうちに、いつのまにか立ちどまりかけていた。後ろから来る人の荷物がぶつかって、「すみません」と謝って歩き出す。

馴染みの画材店に足を踏み入れても、嗅ぎ慣れた絵の具や文房具の匂い、見慣れた商品配置にまで侘《わび》しさが漂っているようだった。ずらりと並んだ色鉛筆の棚《たな》の前で、淡いピンク色の一本を手に取る。まあるい幸せそうな色は目覚めたときの幸福感を思い出させて、今度は胸がかすかに苦しくなった。

そっけなくしたって、聖が家族を大切にしているのはわかっている。響太にはなにも言わず、何か月も甘やかしてくれた聖が、その裏で心を痛めていた日もあったかもしれない、と思うのはせつなかった。

聖が響太の恋人なだけでなく、響太だって聖の恋人なのに。

（なのに、ちゃんとした恋人っぽくするの、ちょっとさぼってたよね、俺）

両思いになった直後は、神妙な気持ちで、カレーを食べられるようになりたいなとか思っていたのに、いつのまにか一人で食べる練習さえおろそかにしていた。

それだけ、聖と二人きりで、いちゃいちゃして過ごすのが心地よかった。響太はひな鳥みたいに聖に甘えていればよくて、それはとても安心できる最高の時間だったけれど。

でももう終わりにしよう、と思いながら、買い物かごに淡いピンクの色鉛筆を入れ、それとグラデーションになるような、淡い鴇色《ときいろ》やサーモンピンクを選ぶ。

聖の家族に自分の存在を認めてもらおう、とまでは思わない。ただせめて、聖が一緒にいてもっと幸せだと思えるくらいには、大人にならないとだめだ。それくらいしかできることがないのだから。

（どう考えても、最近、お母さんと赤ちゃんみたいだったもんね。エッチなこと以外は）

そのエッチなことだって、聖は響太の体力に配慮してくれ、毎晩二回どころか、週に二回がせいぜいなのだ。家族とぎくしゃくした上に、響太の世話ばかりして恋人らしいことは週に二回のセックスだけなんて、聖はよく我慢できるなと思う。

だから次は、聖が我慢しなくていい三か月がいい。

この三か月とちょっとが、聖が響太を甘やかす時間だったなら、これから三か月は、響太が聖にサービスするのだ。聖が響太にしてくれるような嬉しいことを、彼にもしてあげたい。響太は「聖と恋人になる」という幸福をもらったのだから。

聖ほどかっこよくはできないだろうけれど、キスしてあげたり抱きしめてあげたり、精いっぱい優しくしたい。聖にも、響太と同じくらい幸せになってほしい。

失うものがなにもない響太と違って、聖はたくさんのものを持っていた。たとえば部活のバスケとか、女の子とつきあうこととか、ほかの友達と遊びに行く時間とか、家族とか。

いろんなものや可能性を捨てて、聖は響太を選んでくれた。

食事を作り、かたときも離れずにそばにいて、抱きしめて、励まして、見守ってきてくれた。響太と恋人になりたいと思っていたのに、響太が「恋なんてしたくない」と言ったら、気持ちまでずっと押し殺して。

（聖。愛してる）

締めつけられるような苦しさと喜びを噛みしめて、胸の中で語りかける。俺も、聖のためになにかしたいよ。

聖を、幸せにしてあげたい。

フランスではきっと聖は大忙しだろうから、ちょうどよかった、と響太は思った。

この機会に今度こそ、一人でも食べられるようになって、もうちょっと大人になって。聖が嬉しそうに笑うところが、見たい。

◇　庭の外　――うすみず色――　◇

フランスに着いた翌日、コンクール初日は響太にとって順調なすべり出しだった。

七時間の時差で寝つきがよくなかったのに、聖が朝早くにホテルから出発するのにあわせて起きられたのがひとつめ。ふたつめは、響太からぎゅっと抱きしめて、「頑張ってね」と言えたことだ。

響太の理想とする「恋人」に近づくためには、あとは一人での食事だ、と意気込んでホテルの下の食堂に向かう。おまじないもしてもらったし、なによりお守りがあるから大丈夫、と自分に言い聞かせてかじった甘いペストリーは、意外においしかった。

やればできるじゃん、と嬉しくなってぺろりと三つ平らげて、ミルクたっぷりのコーヒーを飲みつつ、ガイドブックをめくる。

コンクールの行われるリヨンは、旧市街と新市街にわかれている。会場として使われる製菓学校は新市街にあり、そこから遠くないホテルも同じく新市街だ。

コンクールは二日間の開催だということで、旅程の三日目だけが自由時間になっている。旧市街に行くのは聖と一緒がいいから三日目にしよう、と決めて、響太はコーヒーを飲み終えた。

響太も一応コンクールの関係者パスをもらっていて、会場では参加者がケーキを作るところを見ることもできるらしかった。一度も見たことがない聖の働く姿はぜひ見てみたいので、響太はけっこうわくわくしていた。

ホテルから歩いて五分ほどのところにある製菓学校は、大きく、清潔で立派な、近代的な建物だった。門をくぐって警備担当らしき人にパスを見せると、無言で中に通される。勝手がわからないので、通りがかった人に見学したいことを片言《かたこと》の英語で伝えると、一階——日本で言う二階に上がるといいよと教えてもらえた。

大きな階段を上って二階に行くと、実用的な灰色のドアが開け放されていて、矢印マークとフランス語が書かれていた。フランス語はわからないが、矢印があるんだからこっちだろう、と進むと、何人もの人が、大きなガラス窓の前にグループを作ってたむろしていて、響太はそっと紛《まぎ》れ込んだ。

傾斜のついたガラス窓からは、一階の調理場が見えるようになっている。真っ白な作業着をまとった人々が真剣な顔つきで作業していて、響太は目を凝《こ》らして聖を探した。

(――いた)

右端の作業台に、聖はいた。ミキサーを使ってボウルの中身を攪拌《かくはん》する表情は落ち着いているように見え、響太はほっと胸を撫で下ろす。

作業場全体を眺め渡せば、みんな動きがすばやくて、手際《てぎわ》がいい。音が聞こえないせいか、なにか不思議な実験の準備を見ているような気になってくる。

遠くて表情まではっきりしない聖に視線を戻して、響太は食い入るように見つめた。遠くから聖を見るなんて久しぶりだ。

かっこいいなあ、と思う。手の動かし方も、肩の角度も、腕の伸ばし方も凜《りん》として見える。響太と一緒にいるときもかっこいいけれど、それとは質が違う。

(すごくちゃんと、働いてる)

見慣れない格好のせいもあるかもしれないが、聖はひどく大人っぽく見えた。年齢的にはとうに大人だから、「大人っぽい」というのも変なのだけれど、仕事に打ち込む大人の男、という感じがする。

俺とは全然違う、と思ったら、ちくりと胸が痛んだ。

朝起きられただとか、ごはんを一人で食べられたとかで喜んでいた自分が情けなく思える。あんなにしっかりしていて、仕事もできて、世界の舞台でも緊張せずに作業に打ち込める聖から見たら、自分はまるで小学生だ。自分自身のことさえままならないのだから、聖にしてみれば相談したり愚痴を言ったりするような相手ではないのだろう。おじさんと喧嘩した、と打ち明けてもらえなかったのも仕方がないのかもしれない。そういえば一度も、大事なことを相談されたこともないな、と気がついて、寂しくなった。

高校一年生のときの、体育の授業を思い出す。バスケをやっている聖を外から眺めたあの日から、聖はあんなに大人になったのに、響太ときたら、ほとんどなにも変わっていないのだ。

小さくため息をついて、響太は胸を押さえた。この気持ちは、箱があったら中にしまって忘れてしまうような、自業自得《じごうじとく》の寂しさだ。聖が悪いわけじゃない。

(俺はこれから頑張るんだもん。聖のケーキ好きだし、おばさんにも言われたし、応援して、励ましてあげなくちゃ)

部活のバスケを諦《あきら》めてくれた聖のためにも、今度は応援してあげないといけないはずだ。聖と響太の立場が逆だったら、こういうとき聖は絶対に励まして応援してくれて、それだけで安心させてくれるに違いない。

これから三か月と言わず、出会ってから今まで、聖が優しくしてくれた分で考えたなら、十五年は聖を甘やかしてあげるくらいじゃないとつりあわない。

「俺、頑張るからね聖」

独りごち、終わったら俺がおまじないしてあげよう、と思いながら、じいっと聖に目を凝らす。

集中している聖がこちらに気づくことはなかったが、やっぱりかっこいいなと響太は思った。近くで見てもいつもかっこいいけど、少し離れて見る聖は鮮やかにきらめいている。

見とれていると時間がたつのはあっというまだった。気がつけば作業していた人々が手をとめ、次々に調理場から出ていく。響太の周りで見学していた人々も移動しはじめて、響太は戸惑いながらも一緒になって一階に降りた。

いかにも偉そうな恰幅《かっぷく》のいいおじさんについていくと、彼は建物から中庭に出た。広い庭には大きなタープがいくつも張られていて、香ばしい匂いが立ち込めている。タープの下では銀色の保温器や寸胴鍋《ずんどうなべ》が並べられ、どうやらランチが食べられるようだった。

聖も休憩に来るのだろうか、ときょろきょろしていると、フランス人の中でもひときわ目立つ、派手な顔立ちの男と目があった。彼は響太を見て驚いたように口を開けた。

「日本人じゃない!?」

駆け寄ってこられて、響太はちょっと身体を引いた。鈍《にぶ》い色の金髪に緑色と金色が斑《まだら》になった瞳が印象的なその男は、上から響太の顔を覗《のぞ》き込む。

「日本人、だよネ？　それとも違う？」

「そ……そうです」

　発音に癖はあるが、ちゃんと日本語だった。響太がこわごわ頷くと、彼はぱっと笑い、そうすると色気と華やかさのある顔が、人懐《ひとなつ》っこい雰囲気になった。

「やっぱり！　家族がコンクールに出てるのカナ？　可愛いネ」

「ええと……はい」

　聖は恋人だが、家族と言ってもいい存在だ。再度頷いた響太に向かって、彼はにこにこして手を差し出した。

「俺はローランだ。ローラン・セシャン。きみは？」

「利府響太、です」

「キョータ。ちょっと発音が難しいけど、素敵な名前だネ。俺は日本の文化がとても好きで、たくさん日本語を勉強したんだよ。今回のコンクールには何人か日本人が参加するって聞いてたけど、きみみたいな可愛い子に会えるならよかった。もうなにか食べた？」

　流暢《りゅうちょう》な日本語を、ローランは早口でしゃべった。おそるおそる握手した響太が「まだです」とこたえると、嬉しげに目をたわませる。

「じゃ、一緒に食べよう。日本のことを、いろいろ聞かせて？」

「でも……あの」

　聖がまだ来ていない。休憩時間は聖と過ごしたい、と思って口ごもると、ローランはぽんぽんと響太の頭を撫でた。

「大丈夫！　きみの家族が来たらちゃんとお返しするよ、小さな王子様」

鮮やかにウインクされて肩に手を置かれ、響太は半分ぽかんとしてローランを見上げた。金髪といい、神秘的な目の色といい、彼のほうがよほど王子様みたいな外見なのに――この街《てら》いのなさはやっぱり外国人だからだろうか。

これが街中だったら逃げてしまうところだが、彼もきっと製菓関連の人なのだろう。響太はちょっと考えてから頷いた。悪い人には見えないし、日本語ができるローランの存在は正直ありがたかった。

「ランチのおススメはクネル。brochet《ブロシェ》、うーん、日本語ではなんて言うのかな、魚のすり身にバターとクリームとチーズのソースをかけた料理だよ。リヨンは美食の街で、どんな小さなブションでも最高においしい」

機嫌よく微笑みながらエスコートしてくれるローランと一緒に料理を選び、丸く並んだタープの中央にいくつも設置されたテーブルに座る。お守りを握りしめて「いただきます」を言って食べてみた料理は、茹《ゆ》でた白身魚のすり身にたっぷりかかった濃厚なチーズソースがおいしかった。

「ローランさんも、ケーキを作る人、ですか？　それとも審査するほう？」

「俺も作る人。コンクールにはアントルメショコラ、アシェットデセール、アントルメフリュイの部門があるんだけど、俺はフリュイで出てるよ。果物《くだもの》を使ったデザートだ」

同じクネルを豪快に口に運びつつ、ローランはまたウインクしてみせる。あ、と響太は口を開けた。

「同じ。聖も、そのフリユイっていう部門だったと思います」

「へえ。じゃあきみのパパとはライバルだ。残念だけど、パパは勝てないネ」

そこだけつまらなそうにローランは言った。パパじゃないです、と否定したかったが、それより「勝てない」発言のほうが気になって、響太はむっと顔をしかめた。

「なんで、勝てないってわかるんですか？」

「だって俺が出てるもの」

当然だ、というように、ローランはあっさりしていた。自信に溢れているわけでもなく、もともと決まっていることを教えるような口調だった。

「そんなの――」

「響太」

反論しようとしたところで鋭い聖の声に呼ばれ、響太ははっと振り返った。大股で近づいてきた聖は、響太の腕を掴んで立ち上がらせると、怒りのこもった目でローランを睨《にら》んで、フランス語でなにか言った。

ローランは響太と聖を見比べ、あーあ、というように首を横に振る。

「キョータはフランス語、できないよネ？　日本語でいいよ。言っとくけど、無理に誘ったわけじゃない」

「――そうですか。では失礼します」

聖は左手を伸ばして響太のトレイを持ち上げると、右手で響太の背中を押した。響太は戸惑ってローランを見て、一応ぺこりと頭を下げた。

それから、完全に不機嫌な顔の聖を見上げる。顔を見たら「お疲れ様」とねぎらいたかったのに、硬い聖の表情に悲しくなった。

「聖、なんで怒ってんの？」

「――悪い」

聖は大きくため息をついて、離れたテーブルを選んで座った。ちょっと待ってろ、と言い置いて、自分も食事を取ってくる。改めて向かいに座った聖は、響太を見てやっと表情をゆるめた。

「響太に怒ったわけじゃない。ただ、ローランは手癖が悪いって噂《うわさ》があるから」

「ローランさんを知ってるの？」

「製菓やってる人間でローラン・セシャンを知らない人間はいないくらいだ。フランスでは今もっとも期待されている新進気鋭のパティシエだよ。パティシエに認定される前から、すごい新人がいるって話題だった」

「ふぅん。そんなすごい人なんだ」

道理で自信たっぷりなわけだ、と響太は思った。きみのパパは勝てない、と言ったときの冷たい口調を思い出して、ちょっとだけむかっとしたが、悪い人ではなかった気がする。

「でも、俺がよくわかんなくてうろうろしてたら声かけてくれたんだし、悪い人じゃなさそうだったけど」

「だから、手癖が悪いんだって。響太が可愛いから声かけたに決まってる」

ポーチドエッグの載ったサラダと、ソーセージの盛り合わせを頬張《ほおば》りながら、聖は顔をしかめる。

「同じ職場の職人とか、お客さんとか、すぐ食っちゃうっていうのでも有名なんだよ。本命がいるらしいのに遊びまくってるから、菓子の腕だけは一人前なのにって嫌味《いやみ》言われたりしてる」

「……違うと思うけどなぁ」

べつに可愛いから声をかけられたわけじゃないと思う。日本人だからというのが最大の理由で、もうひとつは。

「たぶん、俺が子供に見えたんじゃないかな。家族がコンクールに参加してるのかって言われてはいって答えたら、お父さんが参加してると思ったみたいだから」

「お父さん？」

「うん」

勝てない、と言われたことは黙っておくことにした。聖の機嫌が余計に悪くなるだけだと思ったのだが、そんなことを言わなくても聖はますます渋面《じゅうめん》になる。

「だとしたらもっと問題だろ。あいつショタっ気もあるのかも。気をつけろよ」

「大丈夫だってば」

べつに俺可愛くないし、と思いながら響太はクネルを平らげた。ソーセージにマスタードをたっぷりつけた聖は、じろっと響太を見てくる。

「べつに俺可愛くないし、って思ってるだろ」

「……なんでわかるの」

「可愛いぞ。だから油断しちゃだめだ」

聖の怖いくらい真剣な顔を見たら、「そんなこと言うのは聖だけだよ」とはとても言えなかった。仕方なく頷いてみせて、かわりに響太は言った。

「さっき、聖が作ってるとこ見たよ。かっこよかった」

「——普通だろ」

聖は一瞬唇を引き結び、それから視線を逸《そ》らした。黙ってソーセージを食べる彼の目元がほんのり赤くて、あ、照れてる、と響太はおかしくなる。

「ほんとにかっこよかったってば」

いつも照れくさくなるのは響太のほうなので、ここぞとばかりに身を乗り出すと、聖はちらりと視線をよこして、無表情のまま言った。

「褒《ほ》めてくれて嬉しいけど、そのかっこいい男が自分の恋人だって忘れないで、ほんとに気をつけるんだぞ」

「聖……しつこいよ」

「明日の夕方のアフターパーティまではそばにいてやれないんだから」

呆《あき》れた響太に、聖は言い聞かせるように声を低めて、それから手を伸ばした。

「こっち、隣来て座りな」

「なに？」

腕を掴まれた響太は立ち上がって、聖の隣の椅子《いす》に腰を下ろす。聖は真面目な顔で言った。

「おまじないと、虫除《よ》けしとく」

「虫除け？　……んっ」

なにそれ、と訊くより早く唇をくっつけられて、響太は思わず目を閉じた。熱っぽく厚みのある聖の唇は、しっかり響太の唇を包み込んで、優しく吸ってくる。

(嘘《うそ》……いっぱい人、いるのに)

どきどきと心臓が高鳴る。こんなことして平気なんだろうか、と思うと背筋が冷たくなりそうなのに、聖は堂々とキスを続け、たっぷり響太の唇を潤《うるお》すと、ちゅうっと音をたてて離れた。

絶対すごく目立った、と思い、響太は真っ赤になった頰をこすりながら、そっと周囲を窺《うかが》った。だが、予想に反して、誰も驚いた表情や、不愉快そうな顔はしていなかった。というか、そもそも誰も見ていない——一人をのぞいては。

ばちん、とローランと視線があって、響太はどきりとしたが、ローランのほうはただ肩を竦《すく》めただけだった。面白くなさそうな顔をしているが、なにか言う気配はない。

男同士で、しかもコンクールの最中なのに、と思ったが、フランスは愛の国と言うくらいだから、こういうことにも寛容《かんよう》なのかもしれない。助かった、と響太はため息をついて、隣でサラダの最後の一口を口に運ぶ聖を見た。

「聖って、たまに大胆だよね」

「響太には負けるよ。いきなり突拍子《とっぴょうし》もないことするのは、いつもおまえのほうだ」

そう言って少しだけ笑った聖はもう普段どおりで、よかった機嫌直ったみたい、とほっとした。聖の腕にきゅっと摑まって、思いきって首を伸ばす。

「午後も頑張ってね。俺もおまじない」

そっと頰に唇をつけて素早く離れると、聖はしっとり目の色を暗くして微笑んだ。

「ありがとな」

囁きながら聖はもう一度かるくキスしてきて、響太はくすぐったく思いながら受けとめた。

(聖のことも励ませたし、ごはん一人で食べられたし、いい感じじゃない?)

甘えたことは言わずにすませられたし、聖も嬉しそうだ。人前でキスなんて恥ずかしいけれど、ちゃんと恋人っぽくできてる、と思うと満足だった。


聖のケーキは夕方にはできあがり、そのまま試食審査が行われたらしかった。二日目は別の部門のグループがデザートを作って、発表は夕方にまとめて行われることになっていた。ケーキを作らない日にはそれぞれ特別講習が受けられるので、聖はそれに参加していた。

響太はやることがないので、スケッチブックを持ち込んで、街で見たいろんなものを描いて時間を潰すことにした。街灯のかたちや街角に掲《かか》げられた舞台の広告旗、壁にはめ込まれた青と黄色の組み合わせの絵タイルなど、十分も街を歩くと目を奪われるものはたくさんあるのだ。まだ足を踏み入れていない旧市街は、河の向こうの街並みを眺めるだけでも美しくて、鈍い赤色の屋根とオフホワイトの壁のコントラストを思い出しながら鉛筆を走らせる。

「へえ、キョータは絵がうまいんだネ？」

すっと後ろから影が差したかと思うと、ローランの声がして、響太は顔を上げた。目があうとローランはにこりと微笑む。

「昨日はごめん。彼氏が参加してるのに、パパ、なんて言って。響太ってもう大人なんだネ」

「やっぱり、子供に見えました？」

「うん。えーと、中学生？　くらいカナと思ったよ。日本人は幼く見えるし」

「中学生は、いくらなんでもひどいです……」

「ごめんネ」

ローランは明るく謝って隣に座ると、響太のスケッチブックを覗き込む。

「これはリヨンの街だネ。モノクロなのに、色がついてるみたいにはっきりわかる。色のついた絵は描かないの？」

「普段は描きますよ。仕事はたいていカラーだから」

「仕事？　じゃあ、プロフェッショナルなんだ。すごい！」

くるっと目を丸くする仕草が面白くて、響太はつい笑ってしまった。聖はあんなことを言ったけれど、全然悪い人には見えない。

「よかったら、見ますか？　挿絵《さしえ》を担当した本の表紙なら、ネットで見られますから」

「ほんと！　見せて見せて」

わくわくした様子で身を乗り出され、響太はスマートフォンを取り出して、出たばかりの本を検索した。スランプになって苦労してしまった羽田《はねだ》先生の本の表紙は、できあがってみれば自分でも気に入りの一枚になった。

これです、と表示させた画像が見えるようスマートフォンを差し出すと、ローランはじっと見入った。

「美しいネ。でも、ちょっと寂しい。寂しいけど、優しい雰囲気もあって……不思議な絵だ。ほかの絵もぜひ見たいな」

「日本に帰ればいろいろあるんだけど……よかったら、雑誌の見本誌とか、あとで送りますか？」

ローランが熱心に見てくれることが嬉しくて、響太はそう言ってみた。ローランは笑顔になって、スマートフォンを持つ響太の手を握りしめた。

「キョータは親切だネ！　すごく見たいから、ぜひお願いする。待って、住所と連絡先を渡すから」

ローランは慌てたようにポケットを探り、中からカードケースを取り出して、名刺を一枚渡してくれた。名前と住所、メールアドレスと電話番号が記載されているだけのシンプルなものだ。

「メールは日本語でも大丈夫。それに、いつでも電話もしてくれていいからネ」

「ありがとうございます」

受け取ろうとすると、紙片をさっと上げて、ローランはいらずらっぽく指を振った。

「だーめ。そんな堅苦しくしゃべらないで、普通に話して？　ほら、タメ語って言うんだよネ。俺のこともローランでいいから。俺はキョータと友達になりたいからネ」

わざと拗ねたような顔をしているローランの目は笑っていて、人懐っこい人だなあ、と思ったら親しみが湧いた。

「ローラン。メール送るから、それちょうだい」

「オーケー、特別あげる」

嬉しそうに差し出された名刺を受け取って、響太はふと首をかしげた。

「そういえば、ローランは、講習は受けないの？」

「ああ……俺には、今日のは必要ないから」

ローランは辛辣《しんらつ》な口ぶりになった。

「ここはフランスでも素晴らしい学校のひとつだけど、講師が一流だけとは限らない。せっかくのコンクールのタイミングなんだから、もっといいプログラムを用意したらいいのに」

不満げで尊大な口調に、響太は聖の台詞を思い出した。ローランは業界では知らぬ者がないほどだというから、自信に満ち溢れているのも当然かもしれないが、ちょっと嫌だなと思う。彼がけなした講義だって、受けている人もいるのに。

ローランは響太の顔を見ると、面白そうにくすりと笑った。

「偉そうに、と思ってる？ 俺だって謙虚《けんきょ》になるべきことについては謙虚になるよ。でも、さびついた昔話を聞くより、こうやって外を散歩でもして、出会った人と愛を語りあったほうが、ずっとためになる」

「あ……愛、って」

「俺は他人とセックスするのが好きなんだよ。だって愛のかたちって人それぞれだろ？ 自分だけでは知ることのできない、いろんなことがわかるから」

色っぽく微笑んだローランは、響太の顔を見てくしゃりと髪を撫でた。

「でも安心して、人のものには手を出さない主義だから。セックスしなくても、新しい出会いや素敵なインスピレーションを得ることはできるよ。キョータの絵みたいにネ」

ローランはまた視線をスケッチブックに向けた。

「キョータの絵は、アニメっぽくないんだネ。俺は日本の文化がとても好きで、アニメやマンガもよく見るし、浮世絵、歌舞伎《かぶき》、能なんかも観《み》たよ。以前日本に行ったときは、街並みを眺めるだけでも刺激的な体験だった」

「日本に来たことがあるんだ？」

「もちろん！　ほかのアジアの国も楽しかったけど、日本はまた違った雰囲気があって好きなんだ。将来は日本にも出店したい」

「出店？」

「パティシエなら、自分の店を持ちたいと思うのは当たり前だろ？　でも俺はただ店を持つだけじゃなくて、世界中の人に俺の作るケーキを最高のかたちで味わってほしいと思ってる。俺にはクロードっていう一番大事な人がいるんだけど、彼はシェフなんだ。どんな素材だってどきどきするようなおいしい料理に仕上げてしまう天才だよ」

「一番大事な人って……恋人？」

本命がいるらしい、とそういえば聖が言っていたなと響太は思い出す。ローランは得意げに頷く。

「お互いに切磋琢磨《せっさたくま》しあえる、天からの贈り物のような恋人だよ。だから、彼と二人で、料理からデザートまで最高においしくて、食べたら虜《とりこ》になるような店を持ちたいネ。どこの国でも、ミシュランの星を獲得できるような」

「すごい……そんなこと考えてるんだ」

響太は楽しげなローランの顔を見つめ直した。外国人だから年齢は響太にはわかりにくいけれど、成原と同じくらいか、少なくとも聖よりは年上だと思う。大切な恋人がいるのにほかの人とも寝るだなんて、響太の理解の範疇《はんちゅう》にないけれど、からりとして堂々としている彼を見ると、ローランなりの理屈があるんだろうなと納得してしまう。

色気と自信に溢れた表情で、ローランは大きく両手を広げた。

「クリエイターなら、誰だって自分が世界に認められたいって思うものだろ。響太だって、自分の絵で世界中が埋め尽くされたら幸せだな、とか考えたことない？」

「……俺は」

響太は描きかけのスケッチブックを眺めた。絵を描くのは好きだし、仕事としてやっている、という自覚もある。でも、自分の絵が世界中に広がるとか、もっと大勢に見てもらいたいとか、考えたことはなかった。

「そういうのは、あんまり……」

口ごもると、ローランは顔をしかめ、立てた指を揺らしてみせた。

「だめだよ。もっとアグレッシブに、いつでも上を目指す気持ちがなくちゃ。俺たちは上を目指すのをやめたら、とまっているように感じても実際は落ちてるんだからネ」

「上……」

上なんて、目指したことはなかった。もっと上手に描きたいとか、頭の中にあるヴィジョンをそのまま紙に描き出せるようになりたいとか、そういう気持ちはあるけれど——ローランの言う「上」はそういうことではないような気がした。

「もっと上手になりたい、とは思うけど」

ローランと自分とでは全然違う。それでも、自分にプロとしての自覚が足りないように思えてきて、響太は俯いた。ローランは励ますように肩を叩いてくる。

「そう思うなら、大丈夫だネ。キョータはまだ若いから、勝とうっていう意志があれば成功できるよ。俺は今、夢の実現に向けて行動している最中なんだ。日本にも店を出したら、キョータのことは招待する」

いきいきと目を輝かせるローランは眩《まぶ》しく見えた。全然かなわないなあ、と響太は思う。きっと聖の知っている噂どおり、天才なんだろう。

(――俺、ローランみたいに『こうなりたい』って決めて頑張ったこと、ないかも)

描きかけのスケッチブックを抱きしめる。好きなように描いただけのそれが、幼稚な遊びみたいに思えた。

黙り込んだ響太に、ローランは怪訝《けげん》そうな顔をした。

「キョータ？　俺の店には来たくない？」

「ううん、違うよ」

急いで否定して、響太は努力して笑ってみた。

「ローランのケーキ、食べてみたい。楽しみにしてるね」

「よかった。きっと喜んでもらえると思うよ。その前にもきっと日本には行くから、そのときも会おうネ」

「うん、ぜひ」

こくんと頷いてから、俺ももっと頑張らなくちゃ、と響太は思った。勝つとか負けるとかにこだわるのは好きじゃないけれど、聖から見て子供っぽかったり頼りなかったりしないくらいには——昨日見た聖のかっこよさに、少しでもつりあうくらいには、頑張りたい。

(つりあうくらいになったら、俺が聖を甘やかしてあげるんだ)

仕事ならいくらでも頑張れる、と思ったら少し元気が出て、響太はローランを見つめた。

「俺、ローランのこと好きになった」

「あれ、告白? だめだよ俺には恋人がいるんだから」

ローランがすかさずおどけたように言い、響太も自然に笑えて、首を横に振った。

「違くて。——俺たち、友達、だね」

友達なんて久しぶりだ。成原も友達だけれど、親しくなったきっかけがきっかけだったので、今でもちょっと申し訳ない気がするときがある。

響太はそっと手を差し出した。断られるかなとどきどきしたのだが、ローランは嬉しそうに握り返してくれた。

「俺もとっても嬉しいよ」

心から喜んでいるのが伝わってくる声で言ったローランは響太をハグし、それからぱっと離れた。

「おっと、こんなことしたらきみの恋人に殺されちゃうネ。もうすぐお昼だし見つかる前に退散しないと。アフターパーティにはキョータも参加する？」

「うん」

「じゃあまた、そのときに」

ローランは立ち上がって手を振った。またねと返事した響太は、建物の中から出てくる人の中に聖を見つけてスケッチブックを閉じた。危険を察知するみたいに離れていったローランはすごいなあ、と思っていると、聖も響太を見つけて足早に近づいてきた。

「お待たせ。絵、描いてたのか？　ずっと一人だった？」

「うん」

聖はローランを探すようにあたりを見回している。お互いそんなに警戒しなくたっていいのになと思いつつ、聖とはまたキスを交わして、二人で昼食を摂《と》った。

昼食のあとも聖は勉強会があり、響太はまた絵を描いて時間を潰す。

午後五時になると、中庭には続々と人が集まりはじめ、色鮮やかなケーキの載ったトレイがたくさん運び込まれて、いっきに華やいだ雰囲気が漂った。

やがてアナウンスが流れて、表彰式が行われた。それぞれの部門で優秀賞が発表され、審査員のコメントがあって、受賞者の撮影があって……と、いかにもな授賞式だったが、響太が想像したよりも、ずっと淡々とした、静かな雰囲気だった。

聖も参加したアントルメフリュイの部門は、宣言どおり、ローランが受賞した。

響太はものすごくがっかりした。だって、聖が受賞しなかったら、家族との仲直りのきっかけがない。

残念だったね、と聖に言おうとして、響太は周りのコンクール参加者たちが、たいして残念そうな顔をしていないのに気がついた。といって、ローランを祝福しているふうでもない。小さな壇《だん》に上がって銀のカップをもらったローランは堂々としていたが、拍手さえもまばらだった。誰も彼の受賞に驚いておらず、本人だけでなく、みんなが「ローランがいるなら彼が優勝だ」とわかっていたかのようだった。

(俺は、絶対受賞するのは聖だと思っていたのに)

「なんで聖じゃないんだろ」

呟くと、見下ろしてきた聖が困ったように苦笑した。

「俺よりもローランの作ったもののほうがよかったからだろ」

「……ローランて、そんなにすごいの?」

「すごい。フランスではパティシエになるために参加しなきゃいけないコンクールがいくつかあるんだが、最初から圧勝だったらしい。今勤めてるホテルでも彼のデザート目当ての客がいるくらいだから」

「ふぅん……」

壇から降りてくるローランは優美な自信を振りまいているように見える。だが、駆け寄って祝福する者はなく、むしろみんな、彼と目をあわせないようにしているみたいだった。苦々しい表情でローランを盗み見しながら、なにか囁きあっている人までいる。ほかの部門の受賞者には知り合いや家族らしき人が集まって祝福している分、ひとりでいるローランは目立った。

やな雰囲気、と響太は思う。

「ローランが受賞したの、嬉しくなさそうな人もいるね」

「このコンクールは若手のためのものっていう謳《うた》い文句だからな。ローランみたいに、年齢は若いけどもう充分に世間の評価を得ているパティシエが参加すること自体を嫌がる人間もいたらしい。主催側が認めたんだから外野が文句言っても仕方ないと思うんだが……ローランは才能に見合ってか偉そうだっていう噂だから、妬《ねた》まれたり嫌われたりしてるのかもな」

「妬むって、才能を妬むの？」

ローランを見ながら聖は言い、響太は唇を尖らせた。お偉方らしき人と言葉を交わしているローランは寂しそうではないけれど。

全然わからないなと響太は思う。たとえば走るのが速いとか、背が高いとか、絵が上手いか下手かとか、自分がこうなのに相手は違う、相手がもっと優れているから妬ましい、みたいな思考回路がよくわからない。世の中にはそうやって妬む人も多いのだと、理解してはいるけれど、自分と他人を比べる感覚が、もともと希薄なのだろうと思う。

（だって才能とか、身長とか、そういうのってほしがってもどうにもならないし。自分でどうにもならないことで、悔しく思ったって仕方ないのに）

羨《うらや》ましいなあ、と思うことはあるが、羨んでも手に入るとは限らない。

「俺も優勝は聖がよかったけど、でもローランを妬んだってしょうがなくない？」

「響太はそうだよな。でもたいていは、そうやって理屈で割りきれないから嫉妬《しっと》するんじゃないか？」

ふわっと穏やかに微笑する聖は悔しそうには見えなくて、響太はいっそう唇を尖らせた。

「聖、賞もらえなかったの悔しくないの？　おじさんと仲直りしたくない？」

「それなりにはがっかりしてるよ。それに、べつに親父と喧嘩もしてない」

「嘘だ」

やっぱり聖は自分には家族のことを言う気がないんだ、と思ったら悔しくなって、響太は言った。

「知ってるもん。おじさんたちに、『もう会わない』って言ったんでしょう」

見上げると、聖は一瞬押し黙った。

「――誰に聞いた？」

「おばさん。フランス来る前に会ったんだよ。……聖が会わないで行くって言うから」

険しくなった表情にどきどきしながらそう言うと、聖はため息をついた。

「なにか嫌なこととか言われなかったか？　ああしろ、こうしろって指図されたとか」

「嫌なことなんて言われてないよ。おばさん、優しいじゃん。……俺がフランス一緒に行くって言ったら、励ましてあげてねって言われて——それだけだよ」

言いながら複雑そうだったおばさんの表情を思い出して胸がずしりと重くなった。今すぐは無理だ、と言われたけれど、聖さえコンクールで受賞できたら、仲直りできると思っていたのに。

「聖に、受賞してもらって、仲直りしてほしかったのに」

「だから、喧嘩じゃないって。……悪かったよ、心配かけて」

ぽすんと響太の頭に手を置いて、聖は嘆息《たんそく》まじりに言った。

「念のため確認しておくけど、うちの親が会いたがったわけじゃなくて、響太が会いに行ってくれたんだな？」

「？　そうだけど」

なんでそんな確認が必要なのかと響太は首をひねったが、聖はそのままくしゃくしゃと頭を撫でた。

「響太はほんと、俺の家族のこと気にするよな」

「それは、気にするよ。決まってるじゃん」

「決まってる、か。——帰ったらちゃんと連絡する。もう会わないっていうのも取り消すよ。それでいいだろ」

「うん——いい、けど……」

連絡だけすればいいわけじゃない、と思ったが、聖だってそれはわかっているだろう。響太は聖のシャツの裾を摑んだ。

「仲良くしてよ。おばさんたち、可哀想だもん」

「わかってるよ。ありがとな」

落ち着いた声で聖は言って、もう一度頭を撫でてくれた。

「おまえが心配してくれるのは、すごく嬉しいよ」

「……ほんと？」

「ああ。大事にされてるなって思う」

聖は目尻を下げてそう言って、響太はほっと肩から力を抜いた。コンクールの結果は残念だったけれど、聖が「ありがとう」と言ってくれてよかった。

安堵が顔にも出たのか、聖が背中に手を回して、優しい声を出す。

「せっかくだから、ケーキ食べてみれば？　参加者の作ったものが食べられるようになってる」

「あ、じゃあ聖の食べる！」

一気に嬉しくなってぱっと顔を上げた響太に、聖は仕方ないなと言いたげに微笑んで、庭の中央に連れていってくれた。

大きなテーブルにずらりと並んだスイーツは、近づいてみると、それぞれ見本のケーキの前に作成者のネームプレートとトレイが置かれ、トレイの上には小さく一口大にわけられたものが載っていた。どれも美しい。色とりどりでかたちも様々で、工夫を凝らして作られたお菓子は宝石みたいだ。その中で見つけ出した聖の緑色のケーキは、つやつやきらきらと光を振りまいているように、響太には見えた。以前に試食させてもらったときとは違い、上に飾った葉っぱのかわりに、ケーキの横にうさぎが寄り添っている。

「飴細工《あめざいく》……うさぎになってる」

「可愛いだろ」

聖はぶっきらぼうに言ったけれど、胸が締めつけられるくらいに嬉しかった。

層になった部分も表面の緑色も綺麗だし、ケーキにもたれるように飾られた琥珀色《こはくいろ》のうさぎは可愛かった。たくさん並んだケーキの中でもひときわ美しくて、まるで内側から虹色《にじいろ》のあまい光を放っているかのように、ほんのり輝いている。

しばし見本に見とれたあと、急いで一切れ確保する。できるなら全部取ってしまいたいくらいだが、ほかの人も食べたいだろうから我慢した。

ちらりとローランのも食べてみたいな、と思ったが、どれだかわからないし、きっと争奪戦になっているに違いない。

とりあえず聖のだけ食べられればいいや、と響太はあーんと口を開けた。

ほんの一口だけのそれは、口の中で酸味に続けて優しい甘さが広がって、ため息が出た。満足感と安心感が、指先まで満ちていく。ほのかな苦味のする生地のおかげでいくらでも食べたくなるのに、一口しかないのが残念だった。

「――はぁ。おいしい」

聖の作ったものは、どうしてこんなにおいしいのだろう。日本を出発してから丸三日間、聖の手料理を食べていないのだと気づいたら、猛烈に空腹になった。ぐきゅるるる、と鳴ったお腹を押さえると、横からすっと小皿が差し出された。

「よかったら、俺のも食べて。キョータにはぜひ食べてほしくて」

「ローラン」

響太はびっくりして何度もまばたきした。一口大のケーキは、オレンジがかったクリーム状のものが渦《うず》をまいて絞られていて、赤い細い飾りが載っている。

「パイナップルとパッションフルーツ、ココナッツとブラッドオレンジを使ったシャンティだよ。

——まさか、食べるのもだめ、なんて言わないよネ？」

台詞の最後は、響太の横にいる聖に向けてのものだった。聖はむっとしたように眉をひそめて、響太は急いで言った。

「お守りあるから大丈夫！　ちょっと食べてみたいし」

「——いいよ。食べな」

「よかったらきみも。えーと、ヒジリ？」

硬い声を出した聖にも、ローランはケーキを差し出した。聖は黙って受け取って口に運ぶ。響太もそろそろと食べてみた。

「あ……」

口に入れた瞬間にぱっと南国の香りと甘さが広がって、暴力的なまでの鮮烈さに目眩《めまい》がする。軽いがしっかりした甘さのクリームの中には、とろりとした酸味のあるソースが入っていた。さくりとした生地の香ばしさも、ココナッツの歯触りも、色鮮やかな南の楽園を思わせる。土台の生地はかりかりの食感で、全体的にはかなり甘いのに、もっと食べたい、と思った。

「——初めて食べた」

見た目も華やかだけれど、味はそれ以上に華やかだ。明るい太陽と白い花と青い海が似合う、楽園のような、夏休みみたいな味。

(聖以外ので、もっと食べたいって思うの、初めてかも)

ローランは驚いた表情の響太を見つめてにっこりした。

「それはよかった。俺は食べた人がびっくりして、夢見心地になるようなスイーツを作るのが好きなんだ」

彼はそれから聖のほうに向き直った。

「きみのも食べたよ。酸味と甘味のバランスがよくて、とても丁寧な味がした。飾りの飴細工も可愛いね。でも、見たまま、特に意外性がないんだよネ」

びく、と響太のほうが反応してしまう。聖は無表情で、きつく唇を結んでいた。

「苦味のきいたところがあるのはよかったけど、目新しい手法じゃないし。丁寧で、期待を裏切らない味に仕上げるだけなら、パティシエなら誰だってできて当然だろ?」

「で、でも俺は聖のが一番好き」

響太は一歩前に出た。

「ローランのもおいしかったけど、聖のケーキのほうがいいよ。聖のは、聖にしか作れないもの」

ローランのことは嫌いじゃないけれど、聖のことだけは貶《けな》されたくない。目に力を込めて睨むようにローランを見上げると、彼はふっと皮肉げに微笑んだ。

「キョータもクリエイターなら、そんな目の曇ったことばかり言ってちゃだめだよ。味見役としても失格だし、甘いことしか言えないのは足をひっぱることになる。たしかにきみにとっては彼氏のケーキは世界一かもしれないけど、そんな評価でよければ、家でおままごとでもやってればいいんだから」

「そんな！」

「そうですね」

言い返そうとした響太を制して、聖が静かに言った。

「他人の評価がほしいなら、もっと違うやり方があっただろうと、今は思います。迷っていた部分もあったので、それについては反省しているところです」

あまりにも落ち着いた声で、響太はなにも言えなくなった。ローランはじっと聖の顔を見つめ、それからにっと笑う。

「もっと作り込んでいたら勝てるかも、って？」

「仮定の話は意味がないですが、常にあなただけが勝つわけじゃないでしょう。今回は純粋に、俺が準備不足だったというだけです」

口調は静かなのに、聖は一歩も引いていない。動揺しているのは響太一人で、響太は聖の言葉にどきりとした。さあっと目の前が藍色に暗くなる。

もし聖が準備不足だったとしたら、それは——響太のせいに決まっている。

数秒、無言で聖と見つめあったローランは、にっと楽しげに笑った。

「なんだ、意外と見込みあるじゃん。少なくとも、ローランが出たら勝てない、って思ってるほかの参加者よりはずっといいよ。それに、緑色にこだわったケーキは珍しいし、目のつけどころも悪くない」

「べつにあんたに褒めてもらうために作ったわけじゃないです」

「うん、そうだよネ。でもこれからも、俺と同じコンクールに参加したときは、負けてもらうから。俺はクロードと店を出して成功するまで、失敗しないって決めてるんだ」

きっぱり言い切るローランは不敵な表情だった。聖は淡々と言い返す。

「その人が本命？　だったら、響太にはちょっかい出さないでください」

「ちょっかいって、反論はそこだけ？　きみ……きみって、すごくキョータが好きなんだな」

呆れたみたいにローランは肩を竦め、ちらりと響太を見遣《みや》った。

「気持ちはわかるけど、あんまりにもべたべたした恋人関係って、クリエイティブな仕事には不向きだよ？　キョータも絵を描くんだし、お互いのためにならないと思うな」

「余計なお世話です」

聖は響太の肩に手を回した。行くぞ、と低く言われて、響太はローランに小さく頭を下げた。気づけば周りには人だかりができていて、大勢が聖とローランのやりとりに注目していたようだった。その人垣をかきわけて、聖は食事を提供するタープのほうへと進む。

「聖、あの……」

「ローランの言ったことなら気にするなよ」

肩に回した手に力を込めて、聖は前を向いたまま言う。「他人って、すぐ口出ししたがるよな。お互いのためにならないとか、そういうの」

「……うん」

「飯、食うだろ。ケーキだけ食べても仕方ないし」

「うん。食べる」

「ちょっと待ってな」

聖は椅子に響太を座らせて、タープを回って料理を持ってきてくれる。ありがとう、と言う顔が自分でも強張《こわば》っているのがわかって、聖は響太の顔を見ると眉をひそめた。

「気にするなって言っただろ」

「ローランの言ったことじゃないよ。……聖が準備不足だったの、俺のせいだよな、って思ったから」

冬のあいだに散々迷惑をかけたのもそうだし、恋人同士になってからも、聖は前以上に響太の世話を焼いてくれたから、ほかのことに時間を使えなかったに違いない。

コンクールに出るのは家族のためだ、と伝えるだけで、役に立てるような気がしていたなんて馬鹿だ。ローランに指摘されるまでもなく、足をひっぱったのは自分だ。

頑張ろう、という意気込みに、灰色のしみが広がったみたいだった。

(こんなんじゃ、恋人失格だ)

「せっかくおばさんたちのために出るって決めたコンクールだったのに、ごめんね」

「——俺の言い方が悪かったたな」

聖はため息をついて、向かいの席から響太の隣に移動してきた。よしよし、と子供にするように頭を撫でて、抱き寄せてくれる。

「準備不足っていうのは、そういう意味じゃない。物理的なことより、俺の気持ちの問題だから、響太が気にしなくていいんだ」

「……聖の気持ち？」

「もともとコンクールには興味なかったって言っただろ。今回は参加することに決めたけど、絶対コンクールで認められたいとか、もっと切磋琢磨したいっていう動機じゃないから、そういう意味では負けて当然だった」

「でも……ほんとに、聖のほうがおいしかったのに」

響太は抱きしめてくれる聖の胸に頭をもたせかけた。

「絶対、絶対聖のほうがおいしい。それに、俺、作ってるとこ見たもん。かっこよかったもん」

「小学生みたいな言い方してるぞ」

くすっと聖は笑った。その声に硬いところはなくて、響太がぎゅっと聖の服を握って見上げると、ゆっくり髪を梳《す》いてくれる。

「参加する前は、もちろんベストは賞をもらうことだけど、それは難しいのもわかってた。だから負けても、きっとたいして悔しくないだろうなと思ってたんだが、思ったよりは悔しいのが正直なとこかな」

愛おしげに目を細めた聖は、悔しい、と言うわりに機嫌がよさそうだった。変なの、と首をかしげた響太の頬を、つんと指でつつく。

「パティシエの仕事をはじめるときに、どこかに勤めるのと自分で店をやるのと、どっちがいいか考えたことがあるんだ。自分の店っていいよなとは思ったけど、拘束時間が長くなる可能性もあると思って、それなら勤務時間が決まってるほうが安心な気がした。それに、失業するリスクも少ない」

「……そんなこと、考えてたんだ」

「一応はな。響太と二人で路頭に迷うわけにはいかないから、勤めることにしようって思ったんだ」

聖にあっさり頷かれ、響太は急に寒くなったような気がして、聖に寄りかかった。

そんなことまで、響太のために――響太と二人で暮らすために、ずっと前から聖が考えていたなんて知らなかった。将来どんなことがしたいかなんて、具体的な話を聖としたことはない。

自分の知らないところでも、聖がなにかを諦めていたのだ、と思うのはやるせなかった。部活も夢も、コンクールで優勝するための準備も、もしかしたらもっとほかのことも、聖は諦めたのかもしれない。

「それって、自分のお店がよかったけど、俺のために諦めたってことだよね」

「そうじゃない。俺が勝手に考えて、自分で納得できるほうを選んだだけだよ」

呟いた響太の肩を、聖は抱きしめてくれる。あったかい、と思いながら、響太は小さく首を横に振った。

「ローランもお店を持ちたいって思うのはパティシエなら当然だって言ってた。ローランは、世界中にお店を出したいんだって。恋人と」

「俺は世界中じゃなくてもいいし、いつこの仕事を辞《や》めてもかまわないと思ってるのも変わらないよ」

辛抱強い穏やかさで、聖は響太の肩を撫でる。

「けど、受賞できなくて悔しいってことは、自分で思ってたよりもこの仕事が好きなんだよな。心から好きなわけじゃないような気がしてて、そこはコンプレックスだったから、今回来てよかったって思ってるんだ」

コンプレックスだなんて、聖には似合わないと響太は思う。器用で優秀でなんでもできてしまう聖には、聖なりの悩みがあるのかもしれないけれど。

「……聖は、向いてると思う。だって上手だもん」

慰《なぐさ》め方も励まし方もわからなくて、聞き分けのない子供みたいな言い方になった。これじゃだめなのに、と唇を噛んだ響太を、聖はまたきゅっと抱きしめてくれた。

「上手かどうかはともかく、楽しいとは思うよ。追求し甲斐もあるし、けっこう真剣に取り組みたいんだな俺は、って気がつけただけでも、参加した意味あったと思う」

「――だから、悔しいけど、そんなに嬉しそうなの？」

「そうだな。嬉しいな。今からでも、自分の店を持つとか、考えてみたいって思うくらいには」

「成原さんのお店みたいに？」

「ああ」

響太は想像してみる。こぢんまりした、聖の好きな雰囲気の白っぽい内装の店の中で、黙々とケーキを作る精悍《せいかん》な彼の顔や、お客さんに向けて穏やかに微笑む表情は、鮮やかに思い浮かべることができた。

すごく幸せそうだ、と思ったのに、どうしてか、嬉しい気持ちになれなかった。聖がケーキ屋さんをひらいたら、毎日だって通いたいくらい大好きな店になるに決まっているのに。

聖がそれを目指すなら、今度こそ足をひっぱらずに応援したいのに。

（でもきっと、そのお店は聖ので、俺はなんの役にも立てないよね。切磋琢磨とか無理だし……味見だって、全部おいしいしか言えないし、接客なんかしたことないし、作るの手伝うなんてもっての外だし、相談にも乗れない）

「まあ、実現するにしてもずっと先の話だけどな」

照れたように小さく笑った聖は顔を近づけて、唇をついばんでくる。

「ほら、おまじない。腹鳴らしてただろ、食べな」

「……ん」

短いキスをする聖は穏やかで、嘘をついたり無理をしている様子はなかった。聖がいいならいいんだけど、と思いながら、響太は手渡されたスプーンを握った。

チーズをたっぷり使ったスープや、いろんなソースがついてくるソーセージはなかなかおいしい。でも、聖の料理が食べたいなと思う。

「日本帰ったら、響太の好きな飯《めし》作ってやるよ」

聖は見透かしたようにごく優しい声でそう言ってくれて、ちりりと胸と喉が痛んだ。

なんでだろう。コンクールの結果は残念だったけれど、聖が納得しているなら響太がとやかく言うことではないし、家族とも仲直りしてくれると言われた。隣に座って優しくしてもらっていて、聖は機嫌がよくて、問題と言えばたったひとつ、響太が一人だけ大人になれていないことで、こんなふうに寂しいみたいな気持ちになる必要はないのに。

「明日はゆっくりできるし、そのあいだに食べたいもの考えときな。旧市街は、響太の行きたいところに行こう。街並み、可愛いから絵の参考にもなりそうだろ？」

「うん……遠くから見てるだけでも、面白いね」

半分上《うわ》の空でこたえて、響太はあたりを見回した。日没が遅いのであたりはまだ明るさを残しているけれど、演出のために灯《とも》されたオレンジ色のランプが料理をおいしそうに、人々を楽しそうに見せている。普段目にしない光景はわくわくしてもいいはずなのに、あんまり心は躍《おど》らなかった。

料理も、昨日よりおいしくない気がする。チーズを使った料理なら、聖の作ってくれるチーズハンバーグのほうがいい。たった数日、聖の作ったごはんを食べないだけで、こんなことを考えてしまうのだ。

(……ほんと、小学生みたい)

今度はじくりと心臓のあたりが痛くなって、響太はそこを押さえた。聖に気の利いた慰めひとつ言えない上に、聖が嬉しそうなのがあんまり嬉しくないだなんて、どうしちゃったんだろう。

「帰りたい」

ソーセージを口に押し込んで、家に帰りたいなと思った。聖と二人で暮らす家に帰って、ぎゅっと抱きしめられて眠りたい。

「疲れたか？　もういつ帰ってもいいから、ホテルに戻ろうか」

聖が気遣わしげに横から顔を覗き込んできて、響太ははっとしてまばたきした。

「お、俺今なんか言った？」

「帰りたいって言っただろ。食欲もあんまりなさそうだし、戻ろう」

聖は優しく目を細め、響太の口元に触れてくる。

「チーズついてる」

「ん……あ、ありがと」

拭われて、恥ずかしさで胃の下のほうがきゅっとなった。幼稚でわがままで小学生みたいで、聖に食べ汚しを綺麗にしてもらうなんて、大人じゃないどころか、単なる駄目人間ではないか。

「まだ明るいから、ちょっと散歩して帰るのもいいかと思ってたんだが、まっすぐ戻って寝るか?」

残った料理を手際よく片付けて、聖は立ち上がる。聖の腕に摑まって、響太は考えてから首を左右に振った。

「散歩して帰る」

腕に摑まるのはきっと恋人でもするよねと、言い訳してしがみつくと、聖は目尻を下げるいつもの微笑み方をした。可愛い、と言うときの表情だ。

可愛くなれたらいいのに、と響太は思った。聖みたいな優しい恋人になれないなら、せめて本当に可愛くなれたらいい。自分勝手でわがままなところをなくして、聖がもっと幸せになれるように。

学校を出て、まだ大勢の人で賑《にぎ》わう通りをゆっくり歩き、河沿いの道に出る。河を渡ってくる風は涼しく、暮れかけてきた空を仰《あお》ぐと気持ちがよかった。

そのとき、河の下流のほうでドーンという音がして、ぱっと光が立ち上った。夕焼けを残した空に、赤やオレンジの火の雫《しずく》が広がって、溶けるように消えていく。わあっ、と周りから歓声が上がり、聖がのんびり呟いた。

花のようなかたちだが、その分色とりどりで、小ぶりな花が競うように咲いては消えていくのが美しかった。
鈍い音が連続して響き、いくつも火の花が咲く。緑や青、赤に黄色。どれもオーソドックスな菊の
「花火だ」

かった。


「綺麗だな。久しぶりに見た」

「うん――綺麗」

花火なんて、ほとんど見たことはない。フランスで見ることになるなんて変な感じだ。

すごく綺麗だね、とぼんやりした声で返して、響太は聖の横顔を見上げた。小さい頃から見上げすぎていつも見ているような気がする横顔は、もうすっかり大人のものだ。最初からずっと聖のほうが大人びていたから、なにも変わってないような気がしていたけれど。

「俺と聖って、最初に会ってからもう十五年とか経つんだよね」

「どうした、急に」

おかしそうに笑って聖が見下ろしてくる。ざわざわした雑踏で聞こえてくるのはフランス語や英語ばかりで、その中で聖の声はくっきり浮き上がるようだった。

「なんか――なんか、ずっと聖と一緒にいるんだな、とか。もう子供じゃないんだな、とか、思って」

「そうだな。響太と一緒の時間のほうが、一緒じゃなかった時間より、もう長くなった」

そう言われても、長い時間一緒にいるという感覚が、響太にはなかった。でも不思議な気はする。

なくてはならない存在の聖と、生まれたときは一緒ではなかったのだ。

たくさん人がいて、世界はこんなに広い中で、響太は聖の隣の家に引っ越して、偶然出会って、こうやって遠い異国の街でくっついて花火なんか見ている。友達になれなくても、恋人になれなくてもおかしくはなかったのに。

「……毎日二回、セックスしたら、八年で聖が待っててくれた分も消化できるんだっけ」

「そうだな。今年の分もちょっと加算されてるけどな」

響太の唐突《とうとつ》な話に慣れている聖は、たいして驚かずに相槌《あいづち》を打ってくれる。響太は聖の顔を見つめた。見慣れすぎて、見なくても精密に描き出せる顎《あご》や眉《まゆ》のかたち、唇の厚み、目の色。

最初に八年後、と言われたときは、うきうきとした虹色の気分で、八年後も当然一緒なのだと思っていた。今だって一緒にいない、という選択肢《せんたくし》はあり得ないけれど、それでも。

八年前に今日の日を想像することができなかったなら、今、八年先の日を想像することもできない。未来のことなんて、どうしてみんな考えるんだろう。今が幸せなだけではだめなんだろうか。

上を目指す、と当たり前のように言うローランの顔と、真剣にケーキを作っていた聖が脳裏をよぎって、なんだか苦しくなった。自分も、彼らと同じくらい頑張らなければいけないのだ。不確かな未来を目指して。

「不安そうな顔してるぞ」

聖は微笑《びしょう》を消して、かわりにいたわるように肩を抱き寄せてくれた。思いの外身体が冷えているのに気がついて、響太はぶるりと身震いした。リヨンは、昼間は暑くても日が傾くと寒いほどになる。特に河岸の風はひんやりと冷たかった。水の匂いがして、街灯に飾られた赤い花が夕闇にゆらゆらと揺れる。夕焼けに打ち上げられる鮮やかな花火。綺麗な――聖がいなければ見ることもなかっただろう、綺麗な世界。藍色から淡水色《うすみず》のグラデーションを描く、夕暮れの寂寥感《せきりょうかん》。

「……八年したら、俺も大人になってるのかなって」

聖の身体に寄りそって呟くと、そうだな、と聖も低い声で言った。

「きっと、二人とももっとおっさんになってるよ」

「全然、想像つかない」

聖はおっさんでもきっとかっこいいだろうなと思って、ぎゅうっ、と胸が苦しくなった。

帰りたい。家に帰って、聖の腕の中で眠りたい。

でも、それが当然の権利でないことは、よくわかっていた。八年前どころか、半年前ですら、望めないと思っていたことなのだから。

「聖は――俺の、どこが好き？　可愛くなかったら、もう好きじゃない？」

「どこからなに考えてそんなこと心配になってるんだよ」

聖はちょっと呆れた顔をしたが、響太の目を見ると真面目な声を出した。

「まっすぐなとこかな」

「まっすぐ？」

「うまく言えないけど……たとえば、絵を描くときに、響太ってひたすらつきつめて描くだろう？　姑息《こそく》な感じがしない。おもねるとか、打算とか、そういうのがないところ」

「……そうかなあ。よく、わかんない」

響太は唇をへの字に曲げた。まっすぐじゃないよと言ってしまいたくなる。ねじくれていて、ゆがんでいると言われたほうがずっとしっくりくる。独占欲でいっぱいで、よくばりで、優しくない。

「俺そんなじゃないと思う」

「なんでそう思う？」

「……だって、聖と別れなきゃって思ったとき、すごく嫌だったし。許せないって思ったし、今も、聖のこと誰にもあげたくないし」

それどころか、聖が好きな仕事をできることが嬉しいはずなのに、実際は彼の将来の展望を聞いても素直に喜ぶことさえできないでいる。

ごめんね、と呟いたら、聖はくしゃくしゃと何度も響太の髪を撫でた。

「やばい、早くホテルに帰りたくなってきた」

「え？　なんで？」

「響太が可愛すぎるからだろ。エッチは日本帰ってからにしようと思ってたけど、もう、今すぐしたい。響太が食べたくて飢《う》えすぎて倒れる」

「ひ、聖、なに言ってんの」

今のどこが可愛かったのか、さっぱりわからなかった。

でも聖は言葉どおり、本当に飢えたような目をしていて、その目を見たらぞくっと背筋が震えた。抱いてもらえるなら、そのほうが響太もよかった。聖の気持ちを疑うわけじゃない。自分の気持ちを信じられないわけでもない。

ただ、知っているだけだった。望むものが望むだけ手に入ることのほうが、ずっと少ない。才能や生まれる場所と一緒で、羨んでも妬んでも悔しく思っても、手に入らないもののほうが、世界にはずっと多いのだ。

（将来なんて、考えられないもん）

聖が可愛いと言ってくれるうちに、もっと大人になりたい、と響太は思う。

聖が疲れてしまわないうちに、聖にちゃんと追いついて、十年でも五十年でも、この先も恋人でいられるようにしたい。聖を幸せにできる恋人に。

そうしたらずっと、今と同じように、聖と生きていけるはずだから。

◇　外の世界　――そら色――　◇

篠山の出版社から電話がかかってきたのは、フランスから帰国して半月ほど後のことだった。

篠山は響太の担当編集だ。響太の通っていた専門学校にゲスト講師として来た彼女は、響太のことを気に入ってくれて、卒業後には定期的な仕事をふってくれた恩人でもある。

電話は、その篠山が以前紹介してくれて、それきりになっていた別の部署の編集者からだった。響太に頼みたい仕事があるので説明させてほしいと言われ、響太は出版社まで出向いた。

八月の真夏らしい青空が見える打ち合わせ室に通されると、篠山と一緒に道田《みちだ》という男性編集者がやってきて、大きな紙カップを差し出してくれた。

「先生は甘いものがお好きだと聞いたので、近くのカフェで買ってきたんです。うちの社員の間では人気の店で、僕のおすすめのアイスショコラです」

「ありがとうございます」

シンプルなロゴがあしらわれた紙カップからはカカオのいい香りがして、お守りをぎゅっと握ってから口をつけると、ひんやり冷たい、甘くて濃厚なチョコレートだった。

「おいしいです」

「よかったです」

いかにも人のよさそうな顔をした道田はほっとしたように微笑み、彼の隣の篠山もにこにこした。

「先日発売された羽田先生の本、すごく順調に売れていて、重版も決まりました。宣伝、あちこちに仕込んだんですけれど、カバーが印象的だっていうので、けっこう取り上げてもらえたんですよ。響《ひびき》先生のおかげです」

響、というのが響太のペンネームだ。普段の打ち合わせでは篠山は本名を呼ぶのだが、今日は道田が一緒だからか、ペンネーム呼びだった。くすぐったく思いながら響太は首を竦めた。

「できあがるまでは、篠山さんにいっぱいお世話になっちゃったから、評判いいならよかったです」

「書店でもすごく目立ってて素敵なんですよ」

篠山はにこやかに言い、道田も頷いた。

「以前からお願いしたいとは思っていたんですが、羽田先生の本の出来上がりを見て、これはもうぜひ、うちでもお仕事していただきたいと思いました」

道田は重ねて置いていた二冊の本を、響太の前に並べた。どちらも藍色や暗い色に、はっきりした色合いのタイトルと、わずかに配置された白が印象的な表紙だ。

「こちら、うちで賞を受賞された、新垣《にいがき》シン先生の作品なんですが、この二冊とも、おかげさまで評判がいいんですよ。すごく売れてるんです」

「……すみません。俺、小説ってあんまり読まないから、知りませんでした」

「大丈夫ですよ。よろしければこちらは差し上げますから、読んでみてください」

小さくなって頭を下げた響太にも、道田は穏やかな笑みで頷いてくれた。

「響先生にお願いしたいなと思っているのは、新垣先生の新作のイラストなんです」

響太はもう一度、二冊の本を眺める。かっこいい表紙だなと思うが、響太の絵のテイストとは真逆《まぎゃく》と言っていい。戸惑って道田に視線を向けると、彼はかるく身を乗り出した。

「今までとはイメージを一新した本にしたいというのが新垣先生のご希望で、僕もそのほうがいいと思うんです。二冊続けて同じテイストでしたので、三冊目もそれで押してももちろんいいんですが、もっと違う切り口で新垣ワールドを見せてほしいなと思いまして。それで、新垣先生や篠山にも相談して、装画《そうが》は響先生がいいねということになったんです」

「……作家の方がいいなら、俺はかまいません。やらせてもらえるなら嬉しいです」

今までスケジュールの関係で断った仕事は何回かあるけれど、内容で断ったことは一度もない。絵を描いたり写真を撮《と》ったりする人は大勢いる中で、響太がいい、と言ってくれるなら、断る理由がなかった。

「俺も、いろんな仕事ができたらいいなと思っていたので」

大人っぽく見えるといいなと思いながらちょっとだけ微笑むと、道田はほっとしたように頬を赤くした。

「よかった！　新垣先生からは、原稿を半分ほどいただいていますので、よろしければさっそくお渡しします。残りも来月の早いうちには、必ず」

「あ、先にもらえるなら嬉しいです。あいてるときに準備できるので」

「ありがとうございます。じゃあ帰りにお渡ししますね」

嬉しそうににっこりした道田は、そこでちらっと篠山を見た。篠山が小さく頷くのを見てから、また響太に向き直る。

「それでですね響先生。次の新垣先生の本にあわせて、大々的な宣伝を行いたいと思っていまして」

「？　はい」

「発売時には、サイン会をひらきたいと思って準備をしているんです」

「サイン会ですか。すごく人気のある先生なんですね。参加したことないから、俺もちょっと覗いてみたいです」

　宣伝は大事だというから、そういう試みもきっと効果的なのだろう。宣伝なんて自分には関係のないことだが、わざわざこうやって説明してくれるほど、力を入れている作品であり、作家さんだということに違いない。

　きっとすごく面白い小説なんだろうなあ、と思ったら、読むのが楽しみになった。サイン会を企画されるくらいだからファンがたくさんいて、新作を楽しみにしているのだろう。作家さんのファンの人も気に入ってくれるような、面白い内容に恥じない、いい絵が描きたいなと思う。

「じゃあ、俺も頑張っていい絵を描かないとだめですね」

　仕事も頑張りたいと思ってたし、俺ってすごくラッキーかも、と思いながらショコラに口をつけた響太は、道田に「それでですね」と切り出されてまばたきした。

「もちろん、サイン会は新垣先生の本にあわせますので、新垣先生もサインするんですけれど」

「新垣先生、も？」

「はい。響先生には、カバー以外にも作品イメージにあわせて何点か絵を描き下ろしていただいてですね、そちらをメインにして、展示会をひらきたいんです」

「てんじかい？」

　普段あまり耳にしない単語をおうむ返しにしてから、あ、絵を展示するやつか、と気がついた。

「えっと、あの……展示って、俺の絵を？」

「そうですよ響先生。ほかにないじゃないですか」

　篠山が焦《じ》れたように口を挟んだ。

「発売にあわせて、新垣先生にはうちの雑誌で半年ほど連載していただくことが決まっているんです。羽田先生の連載が終わって、今は別の先生が連載されてますけど、それが終わるタイミングで、新垣先生にお願いします。展示会では連載分のイラストも置きたいんです」

「連載分のイラストも、って、じゃあ、雑誌でも俺が挿絵をやらせてもらうってことですか？」

「そうお願いできたらいいなと思って、今日はわたしも同席させていただきました。かわりと言ってはなんですが、続けていただいている特集ページのイラストは、いったん終了していただくほうが、紙面のバランス的にはいいと思っています。響先生の仕事量的にも、他社さんのお仕事とあわせたら、そのほうがいいかなと」

「それは……全然、いいですけど」

　ごく、と響太は喉を鳴らした。雑誌の特集カットの仕事よりも、書籍関係の仕事のほうが単価は高いから、仕事としてはありがたい。なので、仕事の内容については文句なんてないのだけれど。

「でもあの……展示会は……」

「だって響先生のことも売りたいですもん」

篠山はきっぱり言って、じっと響太を見つめてくる。

「わたしたちとしては、響先生にご了承いただければ、大型書店で展示会をやって、そこで新垣先生のサイン会と一緒に、響先生のサイン会もやりたいなと思ってるんです」

「はぁ……え？　えっ？」

ぼんやり相槌を打ちかけて、響太は立ち上がりそうになった。

「ま、待ってください。今俺のサイン会って言いました？」

「新垣先生と一緒に、ですよ。ダブルサイン会です。新垣先生ってすごくイケメンな方で、雑誌にもよく顔出しでインタビューを載せたりしているんですが、響先生も可愛いですから」

「可愛くないです」

「いいえ、一般的に言って可愛らしいですよ。今まで露出なしでしたけれど、このへんでどうかな、と……今日はそのご相談がしたかったんです。響先生にもファンがいらっしゃいますし、ファンの人たちも先生にお会いしたいんじゃないかと思います」

篠山はいつものはきはきとした口調で言ってにっこりした。篠山にこの話し方をされると、彼女の言うことが正解に思えて反論できなくなってしまうのだが、今日はさすがに、すぐに「はい」と頷くことはできなかった。

「俺、そういうの、やったことないです。大勢の前とか、出たことないし」

「わかってます。だから新垣先生とご一緒にと思ったんです」

「でもそれじゃ新垣先生にも悪いし」

「新垣先生は乗り気ですよ。数回お会いしていますが、そのへん、すごく仕事ができるというか、なんでも自分にプラスにしていかれる方なので。それに社交的な方ですから、響先生でも大丈夫です」

篠山はさらりと遠慮のないことを言いつつ、「ですよね」と道田に振った。道田はほんわかと笑う。

「新垣先生は、響先生と組んで新しい代表作を作りたいというご意向なんです。響先生をご紹介したのは僕ですが、もともといただいていたプロットとうまく相互作用の期待できる画風だねと、すぐに気に入っていただけました」

「わたしも原稿拝読したんですけど、とても面白かったです」

篠山はそう言うと、響太の顔を見て小さく笑った。

「響先生、そんな不安そうな顔しないでください。大丈夫ですよ。いつもどおりのお仕事をしていただければいいし、展示会もサイン会も、一度新垣先生の本を読んだあとで、じっくり考えていただいていいですから。わたしたちとしては、新垣先生のファンも、響先生のファンも、新しく増やしたいなと思って企画しているので」

「その、サイン会って――予定は、いつ、なんですか?」

「十二月の初めの予定です。告知は十月で、そのあたりに向けてインタビューや本の予告を仕込んでいきます」

道田が答えてくれて、響太はアイスショコラを見下ろした。

いろんな人が集まってくる前で、愛想よく応対してサインを書くなんて、自分には向いてないなと思う。でも、ちゃんとショコラは飲めたし、おいしいとだって思えた。お守りは手放せないけれど、聖の作ったもの以外も食べられるようになったなら、きっとほかのことだってできるはずだ。

(苦手だったこととか、やったことないことできたほうが、きっといいよね)

大人にならなくちゃ、と思ってフランスから帰ってきたのに、この半月、響太はなにもできていない。聖のほうは約束を守って実家に電話していたけれど、どこかよそよそしく、短い時間しか話さなかった。電話のあとは突然オレンジババロアを作ってくれて、すごくおいしかったが、本当ならあの場面は響太のほうが聖を励ましたり、慰めたりするはずだった。

なんでこうなっちゃうんだろうと反省したものの、仕事をしているとそれだけでも時間は過ぎてしまい、これじゃ今までと変わらないよな、と思っていたところだったのだ。

(聖をちゃんと幸せにしてあげるには、大人にならないと)

たった一人でケーキを作っていた聖を思い出して、響太は顔を上げた。

「やります。篠山さんと道田さんがそう言ってくれるなら、やってみようって、思います」

「本当ですか!?　ありがとうございます」

道田がほっとしたように顔を綻ばせて、頭を何度も下げてくれた。それから急いで立ち上がり、

「原稿持ってきますね！」と部屋を出ていき、篠山はくすりと笑った。

「道田、あんな感じで少し頼りなく見えるかもしれないんですけど、すごく優秀な編集者なので、安心してくださいね」

「頼りなくなんか見えませんでした」

「それならよかったです。でも、サイン会の件は今日お返事いただけるとは思わなかったので、ちょっとびっくりしました」

篠山は眼鏡《めがね》を押し上げて優しい目で響太を見てくる。

「やっぱり伊旗さんの存在が大きいんでしょうね。積極的になっていただけて、嬉しいです」

「いえ……よ、よろしくお願いします」

耳が熱くなって、響太は俯いた。残っていたアイスショコラを飲み干すと、篠山はさらに目を細めた。

「飲み物も飲めるし、サイン会も決意できたし、伊旗さんに言ったらきっといっぱい褒めてもらえるんじゃないですか？」

「褒めて……もらうようなことじゃないけど」

空っぽになった紙コップを見ると、胸から胃がざわりとした。吐き気とは別の、違和感のようなもの。

「でも、頑張ります。仕事だし……喜んでもらいたいし」

展示会もサイン会も考えたことはなかったけれど、光栄なことだと思う。目標のひとつにしている人だっているだろうから、自分はとても恵まれている。

頑張ります、ともう一度呟いたら、ちょうど道田が戻ってきて、響太に原稿のコピーの入った封筒を渡して、微笑みかけてくれた。

「一緒に頑張りましょう」

そう言ってくれる篠山や道田が頼もしくて、響太は違和感はきっと不安なせいだよなと思うことにした。二人を信じて、自分は精いっぱい絵を描くだけだ。


聖の帰宅にあわせた遅めの食事のあいだに、響太は新しい仕事が決まったことと、篠山の勧めもあって展示会とサイン会をやることになったと言ってみた。

聖は珍しく、わかりやすく驚いた顔になって、それから笑顔になった。

「すごいじゃないか！　その作家、職場の人が好きだって言ってたぞ。デビュー作がドラマ化されたんじゃなかったか？」

「そうなんだ。俺全然知らなかったんだけど、本もらって、帰りにちょっと読んでみたら、読みやすかった。どうやって先生の世界観を表現しようかなって考えてるとこ」

今日は久しぶりのソーセージ入りチャーハンだ。大盛りのそれをスプーンで口に運ぶ響太に、テーブルの角を挟んで隣に座った聖は愛しげに目尻を下げる。

「響太は、仕事にちゃんと前向きで偉いよな」

「……そんなことないよ」

篠山さんの言ったとおりだ、と思った。聖に褒められて、嬉しいのだけれど複雑な気持ちになる。聖が喜んでくれるなら、正しいことをしているはずなのに。

(フランスにいるときから、ずーっとだ。なんで、変なもやもやした感じがするんだろ)

「サイン会とか、知らない人といっぱい会ったり話したりするのはちょっと嫌だなとか思ったし」

「でも、結局やることにしたんだろ」

「それは篠山さんが、ファンの人も喜んでくれるって言ってたし、絵をつける本の作家さんも乗り気だって言うから……」

「俺も展示会は絶対観に行くよ」

「――うん。聖には、見てほしいけど」

聖は響太よりも嬉しそうだった。響太が歯切れ悪く口ごもると、仕方ないな、というように小さく笑う。

「そんなに嬉しくないか？　不安？」

「……ちょっと、不安かなぁ。やったことないから」

「そういうのひらかれるってことは、おまえの仕事が認められたってことじゃないか。不安がらなくても大丈夫だよ」

そうだといいけど、と響太はソーセージを噛みしめた。懐かしい、定期的に食べたくなる味で、食べれば安心できるいつものチャーハン。

（サイン会だってなんだって、隣に聖がいてくれたら不安になんかならないのに）

そう思ったけれど、自分の仕事なのに聖にわがままを言うわけにはいかない。実際には、隣に座るのは新垣先生だろう。

聖がふいに手を伸ばした。

「そんな顔するなよ。当日は俺が弁当作ってやるから」

さらっと前髪に触れられて、響太はまばたきして聖を見つめた。聖は目元にも触れてくる。

「お祝い用に、おまえの好きそうな弁当考えとく」

「——ありがと」

きゅっと胸が苦しくなって、響太は聖に抱きつきたくなった。無性《むしょう》に、くっついて強く抱きしめてほしくなる。聖の腕と身体に包まれて、気がすむまで眠りたい。

なんでだろうと思いながら、抱きつくかわりにチャーハンを口に入れる。聖は変わらない穏やかな声で、「俺もさ」と言った。

「職場替えようかなって、考えてたところだったんだ」

「職場替えるって、なんで？　なにかあったの？」

今度は響太のほうが驚いて訊き返してしまう。なにか問題でも起きたのかと思ったが、聖はあっさりと言った。

「なにもない。パティシエって修行のために定期的に勤め先を替えるのがわりと普通なんだ。今の店もすごく働きやすいけど、このあいだのコンクールのあとから、そろそろ替えどきかもしれないなって考えてた」

「へえ、そういうものなんだ」

「今の店のオーナーパティシエみたいに、いくつも店を出すような大々的な事業展開とかを目指すわけじゃないけど、将来のこと考えたら経験積んでおくのは悪くないと思って」

経験、と言われて、フランスでの会話を響太は思い出した。淡水色の夕方、藍色を落としたような心許《こころもと》なさ。

「自分のお店……出す、んだっけ」

「そうだな。まだ決めたわけじゃないけど、出せたらいいなと思ってる。どっちにしろ、選択肢は多いほうがいいだろ。好きなようにできるように、準備しておきたいんだ」

「……そっか」

こくんと頷いたのに、聖は困ったように苦笑した。

「なんで寂しそうなんだよ。大丈夫だよ。やるならきっちり軌道に乗せて、ちゃんと暮らしていけるくらいは稼ぐつもりだし、自分の店なら今より響太のそばにいる時間も取れる」

「えっ？」

再度びっくりして、響太はスプーンを落としそうになった。

「えっと、俺がケーキ売るってこと？」

「そうじゃなくて。たとえばさ、スタッフルームのところにおまえの仕事スペースも作っておけば、いつでも顔が見られるだろってこと」

「えっ……」

ぽかんと口を開けてしまってから、響太は我慢できなくなって腰を浮かせた。立ち上がるのももどかしく、横にいる聖の首筋に腕を回す。

「すごいね、聖、そんなこと思いつくなんてすごくない⁉」

ぱあっと雲が晴れて、陽《ひ》が差したみたいな気持ちだった。しがみつくと、聖も響太を抱き寄せてくれる。

「べつにそれほど斬新《ざんしん》なアイディアじゃないと思うけどな」

「でも俺全然思いつかなかったもん！」

なだめるように優しく背中を叩かれて、響太は安堵のため息をつく。

（じゃあ、聖とずっと一緒にいられるんだ。すごく近くに）

仕事が違う以上、聖の夢は自分とは全然別のところで叶うのだと思っていたのに、聖はちゃんと響太と一緒にいられるようにと考えていてくれたのだ。

久しぶりに、胸も喉もちくちくしない。あのざわつく不安な感じもなくて、結局寂しかったのかも、と思った。聖の将来の夢の中で、自分が一番近くにいられない気がして。

でも、二人でいられるなら、それはどこだって響太にとって落ち着ける家みたいなものだ。

「聖がお店やるのはすごくいいなって俺も思うのに、俺は関係ないからちょっと寂しいなって思ってた……」

「寂しがり屋だもんな。いずれはすぐ近くで仕事できるようになるなら悪くないだろ？」

甘やかす声音《こわね》で言われ、うん、と頷きながら、聖はすごいと響太はまた思う。慰めるのも、励ますのも、響太を一瞬で安心させるのもこんなにうまいのだ。声もてのひらも、響太を綺麗に包み込む。

「聖、ありがとう。……ほんとは、もしさみしくっても、聖がやりたいことは応援しなくちゃって思ってたのに」

「もう応援してもらってるよ」

顔をすり寄せるようにして言った響太に、聖はくすりと笑った。

「それに、俺は焦《あせ》るつもりはないから。——響太、これから少し忙しくなるか？」

「うん、そうだね。アナログだし、けっこう枚数描かなきゃいけないから、ちょっと忙しいと思う」

膝の上に座るように促されて、響太はおとなしく聖の太ももにお尻を乗せた。またがる格好で向かいあい、首筋に手を回して聖の腕に腰を支えてもらうと、ふぅ、と深いため息が漏れた。——気持ちいい。これじゃまた自分が聖に甘やかしてもらっていることになるけれど、今日だけ、と内心で言い訳する。

だって、たまらなくくっつきたいのだ。

「じゃあ、多少は安心かな。仕事してるとおまえ、ほかのことはあんまり気にならないもんな」

「ほかのことって？」

頬を撫でられてうっとりしながら、響太はまばたきした。聖の言っている意味がよくわからない。

聖はまた小さく笑う。

「くっつき虫のうさぎは、好きなことには集中力が高いって話」

「なにそれ。童話かなんか？　俺、知らない」

「知らないのか。——可愛いな、響太は」

「なに、いきなり……んっ」

ふわっと唇をふさがれて、舌が入り込んでくる。くちゅくちゅと舐め回されて、あ、おんなじチャーハンの味がする、と思ったら、目の奥がつんとした。意味もなく悲しいような、たまらなく嬉しいような——せつない気持ち。

聖が好きだ、と思った。まるで今日初めて気づいたような鮮烈さで、聖が好きなんだと実感する。

（ずっとこうしてたい。ずぅっと……そばに、いたい）

いつまでも、なにひとつ変わらないあたたかい部屋で、聖とぴったりくっついていたい。

自分からも舌を伸ばし、両手でしっかり聖に抱きつく。聖は優しくとろかすようにゆるゆると舌を絡めたあと、額《ひたい》にもキスしてくれた。

「仕事忙しくするのはいいけど、無理するなよ。篠山さんが一緒ならきっと大丈夫だと思うが、おまえ大勢の前とか苦手だろ。弁当だけじゃなくて、俺ができることがあったらなんでも言えよ」

「聖ってば……俺にめちゃくちゃ甘いよね」

照れくさく呟いて、響太は聖にもたれかかった。

「コンクールでね、聖がケーキ作るの見て、かっこいいなって思って。俺もなにかしたいなって思ったんだよ。新しいこととか、誰かが喜んでくれることとか――もっと、大人になって、仕事しなくちゃって。聖みたいに」

「光栄だけど、仕事に関してはおまえのほうがずっとすごいと俺は思うぞ」

「聖のほうがすごいよ」

言い返したら、聖は苦笑した。

「お互いすごいって言いあうとか、ローランに聞かれたら呆れられるな」

「だって本当だもん」

「ありがとな。――じゃあ、二人で、ちょっとずつ頑張ろうか」

あやすように響太を抱き直し、聖はじっと響太の顔を覗き込んだ。

「仕事が順調なのはいいことだしな。でも、とにかく無理はするなよ」

「それさっきも言ってたよ。聖も頑張るなら、俺も頑張れるし」

また子供扱いして、とかるく唇を尖らせて言い返してから、響太ははっとひらめいた。

そうだ。展示会には聖の家族にも来てもらったらどうだろう。もし展示会やサイン会が成功したら、響太がただ聖を頼っているだけの存在じゃないと、安心してもらえるかもしれない。

（そうだよ……仕事をちゃんとしてるって、一人前の大人って感じだもんね。そしたら、俺が恋人でもしょうがないねみたいになって、早く仲直りしてもらえるじゃん）

大人になりたい、と思ったのは聖を甘やかしてあげたいからだけれど、大人になれば聖の家族にも認めてもらえる可能性はある。聖の家族は響太を認めたくはないだろうと諦めていたけれど、聖にだけ「仲良くして」と言うよりも、自分も頑張ったほうが近道かもしれない。

展示会やサイン会だけで、聖の家族が安心するとは思えない。でも、「思っていたよりは頼りなくない」くらいは、思ってもらえないだろうか。

「あのさ聖、おばさんたちに、展示会来てって言ってくれない？　新垣先生のサイン会もあるから、俺の絵だけじゃないし、来てくれないかな」

「うちの親？」

「うん。あと、雪《ゆき》さんも」

そう言うと、聖はしばらく真面目な顔で黙っていたが、「わかった、言うよ」と頷いた。

「姉貴、小説好きだからその作家の本も読んでるかもしれないしな」

「ほんと!? よかった。絶対伝えてね」

念押ししながら、今日「やります」と言ってきてよかった、と響太は思った。聖も喜んでくれたし、仲直りの役に立つかもしれないのだから、正解の選択だった。

猫のように顔をすり寄せて、斜め下から聖の顔を見上げる。

「俺、聖のことも幸せにしてあげたい」

「俺はもう幸せだぞ」

「今よりもっとだよ。俺、いろいろできるようになるから」

そう言ったら、聖はふっと真顔になった。あれ？ と響太は思う。

そんなに変なことを言ったつもりはないのに、驚いたような、どこか傷ついたようにも見える顔だった。

数秒考え込んだ聖は、響太が不安になる寸前にくしゃりと頭を撫でた。

「おまえが言うと、ちょっとさみしく聞こえる」

「――なにそれ」

「なんでもない。その気持ちだけでもいいぞ、って言いたいとこだけど――」

ため息ひとつで振り払ったように、聖は表情をやわらげる。

「響太がやりたいって気持ちになってるなら、俺も応援しないといけないよな。響太が俺を応援してくれるみたいに」

なんだかあんまり応援したくないような口調にも聞こえたが、聖は額にキスして「ありがとう響太」と言ってくれた。

その愛情のこもったお礼の言葉と、愛おしそうな聖の瞳に胸がいっぱいになって、ひっかかった言い回しはどうでもよくなった。再び聖に抱きついて、もう一度胸の中で誓う。

(聖のためだから、俺もおばさんたちに認めてもらえるくらい、頑張るね)

◇　外の世界　――きみどり色――　◇

「展示会だなんて、すごいじゃないですか。おめでとう響太さん」

八月下旬の、よく晴れた水曜日。すっかり馴染んでしまった成原の店の控え室で、響太が十二月に展示会とサイン会があるんです、と伝えると、成原は弾《はず》んだ声でお祝いを言ってくれた。

「あの、でも、展示会って言っても、メインは新垣シン先生っていう作家さんのサイン会だから、俺はおまけみたいな感じなんですけど」

「でも、サイン会は響太さんもやるんでしょう？　そういうのはおまけとは言いませんよ。僕も絶対行きますね、響太さんの晴れ姿を拝まなくちゃ」

兄にも自慢します、と成原は楽しげな様子だった。

「最近できた友人にも、僕の友達に素敵なイラストレーターさんがいるんですよって自慢したばっかりだったんですよ。記念に写真を撮っておかないといけませんね。カメラも、最近使っていなくてしまい込んだきりでしたが……いや、この際最新型に新調してもいいかもしれません。会場は撮影禁止かもしれませんけど、友達特権で、はじまる前とかに写真撮らせてください。あ、服はスーツですか？　カジュアルなほうが響太さんには似合いそうですが、スーツも捨てがたいですよね。聖さんにはアドバイスは不要でしょうが、なんなら一緒に選びますよと伝えてください」

「成原さん……すごく楽しそうですね」

こんなに楽しそうな成原は初めて見た気がする。成原は紅茶を響太の前にも置いてくれ、「そりゃそうですよ」と言った。

「響太さんの相談にいろいろ乗っていたせいか、気分はすでにお父さんです」

「お、おとうさん……」

確かに響太も成原のことを「お父さんみたいだな」と思ったことがあるけれど、本人に言われるといたたまれない。ちょっぴり顔をひきつらせた響太に、成原はフォローするように微笑んだ。

「父親は冗談にしても、友人の晴れがましい舞台は嬉しくて当然でしょう？」

「それは……えっと、わかります。ありがとうございます」

やっぱり成原さんはいい人だ。きゅっとお守りを握りしめ、紅茶に口をつけると、成原はそれにも目を細めた。

「僕のお茶も飲んでもらえるし、なんだか響太さんが急に成長したような気がしますね。孫を見るおじいちゃんの気持ちってこんなでしょうか」

「子供から孫になってますってば」

響太はもう一口紅茶を飲んだ。普段お茶もコーヒーもたいして好きではない響太だが、成原が淹《い》れたのは香りがいいなと思う。今は、おいしいとさえ思える。お守りを握るのと一緒に、聖も頑張ってる、と考えると、外でも飲み食いはだいぶ平気になった。今日も、「飲めると思います」と言って自分からお茶をお願いしたのだ。

成原はいつものように向かいに座ると、自分も紅茶を口に運ぶ。

「それじゃ響太さんは、最近お忙しいんでしょうね。フランスに行かれてから、なかなか来てくれないなあと思っていましたが」

「すみません。忙しいっていうか……今までにない仕事だから、慣れない作業がいっぱいあるんですよね。展示会とサイン会やるって教えてもらって、まだ十日くらいなんですけど、篠山さんが今後のスケジュール表を作ってくれて」

「篠山さんと一緒のお仕事なら、響太さんも安心じゃないですか？」

「そうですね。篠山さんだけじゃなくて、もう一人、新垣先生の担当の道田さんって人ともやりとりしてるんですけど、二人とも頼もしくて安心です。でも、十二月までいろいろあるんです。本を出すのとは別の会社の雑誌のインタビューとか。新垣先生って、女性にファンが多いらしくて……女性向けファッション雑誌に載ったこともあるんだって」

「僕も著作は読んだことがありますよ。作家という職業もですが、見た目も知的な感じですから、女性ファンが多いそうですね」

「新垣先生はわかるけど、俺まで写真いらないのになって思ったりするんですけど……インタビューだけだとしても、受け答えがちゃんとできるとは思えないから、却《かえ》って逆効果になるんじゃないか、って不安にもなるし」

「なるほど、インタビューやなんかは、これからなんですね。大丈夫ですよ。篠山さんたちが決めてくださったことでしょう？」

「はい。だから、もうやるしかない、って感じなんですけど」

絵を描く以外のそうした「仕事」は、正直戸惑いのほうが大きい。でも、篠山に提示された今後のスケジュールの中でも回数が多いわけではないし、一度自分で引き受けると決めた仕事だから、嫌だと言うつもりもなかった。

聖も頑張ってるから、と自分に言い聞かせるように呟くと、聞き取った成原が優しく目をたわませた。

「フランス、いかがでしたか？」

「短かったけど、聖がケーキ作ってるところも見られて楽しかったです。それと、新しい友達もできたんですよ」

「友達？」

「はい。ローランっていうフランスのパティシエさん。日本語がすごく上手で、なんていうか、王子様みたいな人で。俺の絵が気に入ったって言ってくれたから、雑誌とか送ってあげて、展示会のこともメールしたら、わざわざ来てくれることになりました」

そう言うと、成原は驚いたように眉を上げた。

「ローランて、ローラン・セシャンですか？」

「あ、成原さんも知ってます？　有名な人だって聖が教えてくれたんですけど」

「業界では有名人ですよ。フランスではもう人気パティシエだと思います。そう遠くないうちに、ほかの国の人も彼の名前と顔を覚えるでしょうね」

成原は呆れたような顔で響太を眺めてくる。

「日本びいきだとは聞いたことがありますが……まさか響太さんと友達になるなんて、びっくりです」

噂は聞いたことがありますけど、聖さんがいるから大丈夫なはずですよねえ、と成原は呟き、響太は首をかしげた。

「聖がいるから大丈夫って？」

「いえいえ、なんでもありません。ローランは気難しいタイプの人かと思っていたので、響太さんが仲良くなれるなんてすごいなと思っただけです」

「俺も、そんなにすごい人だったのかって、話してから知ってびっくりしました」

「ローランも来る展示会だなんて、豪華ですねえ」

成原はしみじみと言って、それからふわりと微笑んだ。

「僕のお茶が飲めるようになっただけじゃなくて、この一か月くらいで、響太さん、ずいぶん変わったんですね」

「え？　そうですか？」

「だって、友達もあんまりいないって言っていたのに、新しい友達ができたわけですよね？　新しい仕事にもチャレンジすることになっていて、一生懸命取り組もうとしているようですし。響太さんって、それほど積極的なイメージがなかったので、変わったな、と思ったんです」

「変わった——のかな」

嬉しい褒め言葉なはずなのに、ちくん、と喉に痛みが走って、響太はそこを押さえた。

「変われてると、いいんですけど。自分では、あんまり変わってる気はしないです。今日は夕方から、初めて新垣先生にお会いするんですけど、やっぱり緊張してるし」

「誰だって、初めてのことには多少緊張するのは当然ですよ」

成原は穏やかに言って、ポットから紅茶を注ぎ足してくれた。慣れた手つきを眺めながら、響太は小さく唇を尖らせる。

「聖は、コンクールのときだって落ち着いてました」

「聖さんだって、実は緊張してたんじゃないですかねえ。ただ、響太さんの前ではそういうそぶりを見せなかっただけで」

微笑ましそうに成原はくすくすと笑う。響太は紅茶に口をつけ、上目遣いに成原を見上げた。

「それってやっぱり、俺が頼りないからですよね？」

「いいえ、違いますよ。響太さんのことが好きだから、格好つけたいだけです」

きっぱり否定されても、響太は納得できずに顔をしかめてしまう。

「聖はいつでもかっこいいのに」

「……臆面《おくめん》もなくのろけますね」

「そうじゃなくて。ほんとに、いつもかっこよくて、大人で、俺のヒーローだから」

たとえばコンクールのときに緊張しても、なにかできないことがあっても、失敗しても泣いても聖が響太のヒーローなのには変わりない。そんなことで聖のかっこよさが減ってしまったりはしない。

「絶対かっこいいから……だから、俺ももうちょっと大人になりたいんです」

紅茶を見つめてそう言うと、成原はほんの少しだけ、痛ましそうな顔をした。

「響太さんは、変わりたいんですか？」

「だって、今まで子供っぽすぎたと思って」

響太はカップを置いて、かわりに自分の腕を摑んだ。聖に抱きしめてほしい、とちらりと思う。顔が見たい。顔を見て、キスして、抱きしめてもらいたい。

（変だ。さみしいのは、解決したはずなのに）

「──聖が、俺のためにいろんなこと諦めてくれたって話、前にしたことありますよね。だから、これからは、聖にはなんにも捨ててほしくない。今あるものは全部持ったままで、幸せになってほしいなって、思ったんです」

「それは、響太さんと恋人でいる以外のことも、ということですか？」

「はい。仕事とか、家族とか。……そういえば、仲直りしたって、まだ聞いてないや」

クーラーが効いているせいか、半袖の二の腕が冷たかった。そこをさすって、響太は笑ってみる。

「聖ね、五月くらいに家族と喧嘩しちゃったみたいで、仲直りするって言ってくれたんですけど、そのあとどうなったかまだ聞いてなかったです。今日帰ったら、訊かなくちゃ」

電話も、響太が知るかぎりフランスから帰ってきて一度だけだ。やっぱり、自分が大人になって、聖の家族に少しでも受け入れてもらうしかないのだろう。

(展示会、成功させないとだめってことだよね)

「きっとその喧嘩は、響太さんとのおつきあいに関することなんでしょうね」

成原は静かに言った。

「仲直りして、と言いたい気持ちもわかりますけれど、そう言われても『はいそうですか』とほどけるものじゃないですよね、わだかまりって」

「それはわかってますけど、でも、聖の家族は聖のことが好きだし、聖も家族のことが好きだから、もったいないと思って」

「もったいない、ですか」

「だって、どんなになくしたくなくても、持っていたくても、なくしてしまうときは逆らえないから。家族だけじゃなくて、なんでも」

腕に指を食い込ませて、寒さをごまかすようにそう言うと、成原が「まいったな」と呟いた。

「響太さんて、幼い幼いと思っていると、ときどき、どきっとするようなことを言いますね」

「えっ？」

言われた意味がよくわからなくて顔を上げると、成原と目があう。成原は「これは今日だけです」と微笑んで、手を伸ばした。さらりとごくかるく、頭を撫でられる。

「これじゃ聖さんも、頑張らざるを得ないですよねえ。『家族と仲良く』って、カムアウトした人間には残酷なこともあると思うんですけど、彼には響太さんの気持ちもわかってしまうでしょうから」

「……？　俺、だめなことしてます？」

不安になって訊いたら、成原はゆっくりかぶりを振った。

「いいえ。今のは、単なる僕の感想で、聖さんはまた違う気持ちかもしれませんから。ただ……無理しちゃだめですよ」

「――してないです」

「聖さんのことが大好きで、彼のために努力しようとしている響太さんはとても可愛いですけど、あんまりいっぺんになんでもやろうとすると、疲れてしまいますからね」

「平気です。そんなにやわじゃないんですよ俺」

「やわじゃなくても、もし疲れたら、聖さんにちゃんと言って、甘えたほうがいいですよ」

「――」

「聖さんには言えないなら、僕か篠山さんでもいいですから」

なだめるような口調でそう言った成原は、もう一度髪を撫でて手を離した。響太はそこを押さえて、

「ありがとうございます」と笑う。

「成原さん、ほんとにお父さんみたい。実の父親なんて、すれ違っても絶対お互いにわかんないのに、俺の周りの人ってみんな優しすぎると思います」

甘えてもいいと言われるのは心地よいけれど、それにすがっていたら今までとなにも変わらない。

聖が言っていたような、聖の店の一角で響太も仕事をするような未来のためには、響太だって頑張らなければいけないのだ。

「そろそろ行きますね。いっつもいろいろ聞いてくれてありがとうございます。展示会とサイン会の日程、正式に決まったらまた連絡します」

立ち上がると、成原は短くため息をつき、それから優しい笑みを浮かべた。

「お待ちしていますよ。なにかあったらいつでもどうぞ。友達ですからね」

「嬉しいです」

店の外まで見送られて、手を振って挨拶《あいさつ》をして、響太はぐっと頭を上げた。大丈夫。もう寂しくな

いしなにも不安じゃないし、頑張れる。

新垣は篠山や道田が言っていたとおり、気さくな人だった。黒縁《くろぶち》の眼鏡をかけた理知的な風貌《ふうぼう》で、一見冷ややかそうにも見えるけれど、表情豊かで話し上手で、話しはじめてしまうと響太もすっかり緊張を忘れた。

響太の感じた作品のコンセプトや色の雰囲気を伝えると、新垣は喜んでくれて、絵を楽しみにしていると言ってくれた。短編連作のうちで、カバー絵以外にイメージ画を描く作品も決まり、仕事の話のあとは、雰囲気のいいお店で食事をした。作品の舞台になった場所のことや創作に関する雑談までして盛り上がり、帰路につく頃にはすでに十二時近くなっていた。

これから帰るねと聖に連絡し、最寄り駅に着くと、改札の向こうでは聖が待っていて、まぶたの裏でちかちかときみどり色が舞った。徹夜したときみたい、と思って、響太は疲れを自覚した。楽しく過ごせたけれど、それでも気疲れしたのだろう。

ちくちく刺さるようなきみどり色は、聖に近づいて「おかえり」と言われ、手を差し出されるとまろやかに溶けた。尖った人工的な色から、みずみずしい新芽に変わったみたいに、同じきみどりなのにほっとする。

きゅ、と手を握り、「ただいま」と言って並んで夜道を歩く。

「どうだった？」

言葉少なに聖が訊いて、響太はうん、と頷く。

「大丈夫だったよ。新垣先生、すごくいい人だった。小説家だからかな、話すのもすごくうまいし、俺の言うことも、一生懸命聞いてくれるの」

「よかったな」

聖が目を細めて微笑んで、その顔を見ると、ふうっと身体から力が抜けていく。この時間になってもまとわりつくようなじめじめした蒸し暑さまで、お風呂みたいで気持ちいい。

えへへ、と照れて笑うと、聖も笑って手を握り直す。

「うちの家族も、響太の展示会、来てくれるってさ」

「ほんと!?　よかった」

聖が伝えてくれても、おばさんたちが来たがらないこともあるだろうと思っていたので、響太は声を弾ませた。来てもらえるなら、あとは自分の頑張りにかかっている。

「絵は気に入ってもらえなくていいから、ちゃんと仕事してるんだなって、おばさんたちも思ってくれるといいんだけど」

「すごいって褒めてたぞ」

「そう？　……仲直り、できた？」

見上げると、聖は少しだけ視線を逸らして頷いた。

「だから、喧嘩はしてないんだけどな。連絡して、響太の展示会のこと伝えて、あっちも来てくれるって言ってるんだから、仲悪くないだろ？」

「うん……そうだね。ありがと。よかった」

ふーっ、と安堵《あんど》のため息が漏れた。

「おばさんも、これで寂しくなるといいな」

聖の腕に寄り添うようにして、ああぎゅうってしたいなあと思いながら呟くと、聖がじっと見下ろしてくる。

「響太は、俺が家族と仲良くしたら嬉しいか？」

「当たり前だよ」

「……寂しくないか？」

「俺が？　なんで？」

なぜそんなことを言われるのかわからなくて、響太はぽかんとして問い返す。いや、だからおまえの、と言いかけた聖は、つないでいない手で頭をかいた。

「展示会さ、ほかに来てほしい人はいないのか？」

「ほかに？　うん、いないかなぁ。ローランも来てくれるし、成原さんも来てくれるし」

「おまえの、お母さんとお父さんは？」

前を向いたまま聖がそう訊いて、響太は虚《きょ》をつかれてまばたきした。聖はこちらを一瞥《いちべつ》し、また前を向いてしまう。

「悪い。忘れていいよ」

「――忘れないけど」

呟いて、響太はつないだ手を見下ろした。響太の細くて小さめな手は、聖の手にすっぽり包まれている。

「俺の親は、いいや。きっとあっちも見たいと思わないだろうし」

揺れる手の下にはアスファルトの小さなひび割れが見えて、またちかちかときみどり色が光った。芽吹く色だ、と思った。胸の底の種から芽が出て、夜空に向かって、伸びていく。

響太は想像につられるように空を見上げた。

「ローランは、世界中の人に自分のケーキを食べてほしいって言ってたけど」

「――うん」

「俺が絵を見せたいのは、俺のことを好きな人か、好きになってくれるかもしれない人だと思う。見て、喜んでくれる人がいい」

「そうか」

空を仰いでいても、視界の端で聖が心配そうな顔をするのがわかった。気遣わしげな彼の目を見て、響太はちょっとだけ笑う。

「今は、できたら聖の家族が俺の絵を好きになってくれたらいいなって思う。そしたら、俺が聖の恋人でも、まあしょうがないかなみたいに、認めてくれるかもしれないじゃん。聖もそれなら、なんにも気兼ねなく仲良くできるでしょ」

「……それで、うちの家族に来てほしいなんて、言い出したのか」

聖のほうはため息をつく。

「俺のため、とか考えなくていいぞ」

「なんで。俺も、聖の恋人だよ」

「――そうだな」

聖はどこか苦しげに視線を逸らした。決して嬉しそうには見えなくて、響太は「どうして」と唇を尖らせたくなる。

俺頑張ってるのに、と思ったけれど、きっとまだまだ自分が頼りなく聖には見えているのかもしれない、と思い直した。

(もっと、頑張らなきゃ)

響太がひそかに空いた手で拳を握ったら、聖はぐいとつないだ手を引いて、ぶっきらぼうに言う。

「次の休みのときは、朝ホットケーキにしよう。バターと果物載せて」

「……う」

嬉しい食べたい、と言いそうになり、響太はかろうじて踏みとどまった。どう見ても聖は響太を甘やかすために言ったに決まっている。

「ううん、いいよ。だって聖、出かけるって言ってたよね。転職のことで」

「その予定だったけど、延期してもいい。焦ってるわけじゃないから」

「えー、早いほうがよくない？　俺だって、聖がお店出すの楽しみだもん」

つないだ手を揺らして明るく言いながら、響太は聖の横顔を見ていられなくなって、夜空に視線を彷徨《さまよ》わせた。地上の光を反射して、汚れたようにうすぼんやりと緑がかった、夏の星空だ。

夜空を見上げて歩くと、トンネルの中を進んでいるような気持ちになる。大きな長い、ずっと遠くまで続くトンネルの出口は、遠すぎて見えない。

「頑張ってよ、聖」

ホットケーキなら、来月でも再来月でも食べられる。一緒に頑張ろうか、と聖が言ってくれたのだから、ここで甘えてはだめだ。

「予定どおり出かけても、朝ホットケーキくらいは食べられるぞ」

「だって聖、焼きたて食べさせてくれるじゃん。いいよ、手間かかるもん。俺、自分で朝ごはんくらいなんとかできるし、来週の月曜日は、ちょっと行きたいところもあるから」

「行くって、どこ？」

「取材。新垣先生の作品の舞台になったとこがあるらしくて、参考にしたいから一応見てくるつもりなんだ」

それは嘘ではなかった。今日の打ち合わせでその話を聞いて、実際に見てみたいなと思ったのだ。咄嗟《とっさ》の言い訳に、聖は数秒黙ってから、頷いた。

「――そうか。じゃあ、ホットケーキはまたそのうちにしよう」

「うん。楽しみにしてる」

おばあちゃんのホットケーキに似せつつも、手間暇かかった本格的でおいしい聖のホットケーキは格別だ。心から楽しみなのに、なぜだか、気持ちはしゅんとしぼんでいた。来週の月曜に食べられないだけで、忙しくなったらいつでも食べられるのに。

「かわりに、明日の夜は響太の好きなのにしよう。肉と魚、どっちがいい？」

「鶏肉《とり》」

「チキン南蛮《なんばん》にでもするか」

「――うん」

話しているうちにマンションに着いて、玄関に入ると、聖はぐっと響太の腰を引き寄せた。唇をふさがれて、響太は思わず目を閉じる。少し荒々しいような口づけで、抱きしめる手の熱さが薄いシャツ越しにはっきりと感じ取れ、身体の芯がぞくぞくした。

「んっ……ぅ、……んッ……」

勝手に下半身がくねる。このましてほしい、と響太は思った。ベッドまでも待てない。床の上でいいから、後ろから抱きしめて入れてほしい。

焼けつくようにそう思い、響太は震えて聖の胸を押し返した。だめだ。もう遅いし、明日も聖は朝から仕事なんだから。

「お、お風呂、入ってくる。おまじないありがと」

玄関で聖がキスしてくれるのはおまじないだ。いつもは出かける前にするけれど、今日のはきっと明日の分ということだろう。

濡れてしまった唇を拭って俯くと、聖はため息をついて、そっと響太をバスルームのほうに押しやった。

「ゆっくり入ってこいよ」

「うん」

身体が変な感じになってしまったのを気づかれなくてよかった、と思いながらそそくさとバスルームのドアを閉め、全身洗ってしまうとどっと疲れが出た。ふらふらと風呂から出て、髪を乾かすのもそこそこにベッドに潜り込む。

丸くなると、後ろから聖がすべり込んできた。

「響太。もう寝たか？」

「……まだ……、ねむ、いけど。なに？」

「寝ていいよ。明日から、朝番が続くからしばらく朝早いんだ。俺は早く出るけど、起こさないから朝飯ちゃんと食えよ」

抱きしめながら聖がそう言って、響太はころりと身体の向きを変えた。聖の胸に顔を押しつけて、わかった、と返事する。小さく聖が笑うのが、振動になって聞こえてきた。

「おやすみ」

頭を撫でられたら急激に意識が遠のいて、おやすみと言い返すこともできなかった。すとんと眠りに落ちる間際、次に寝るときは、と考える。聖も忙しいのだから、次に寝るときは、俺が聖を抱っこしてあげられたらいいのに。


自主的な取材に行き、何枚もラフスケッチを描いたあとで、イメージを固めてラフを提出する頃には九月になって、とうとう最初のインタビューを受ける日がやってきた。

こんなに動き回って仕事するのは初めてじゃないだろうか、と思いながら、篠山と待ちあわせて初めての出版社まで赴《おもむ》くと、見たこともない撮影用の器具が目に入り、思わず顔が強張る。

先方の担当だと自己紹介してくれた伊東《いとう》は、響太の顔を見ると愛想よく微笑んだ。

「撮影は初めてなんですよね。緊張されると思いますが、まずインタビューでちょっと気持ちをほぐしていただいて、それから近くに公園がありますから、そこで撮影しましょうか。そのほうがきっとリラックスできると思いますので」

「えっと……はい。あの、おまかせ、します」

ロングヘアを綺麗にまとめた伊東は、いかにもはきはきとした女性だった。きりっとした感じの美人なので、怖かったら嫌だなあ、と身構えてしまったのだが、インタビューがはじまるとむしろ優しいくらいだった。話し上手とは言えない響太の答えを辛抱強く待ってくれる彼女と向かいあって座り、いくつか他愛《たわい》ない質問に答えると、やっと肩から力が抜けた。

今日は新垣先生のイラストのことではなく、メインは先日の羽田先生の新刊のカバー絵についてだった。そのほか響太の仕事のことについていろいろと触れてくれ、最後に次の仕事ということで新垣先生の作品の話になる。今までにないテイストの絵も出てくると思います、という話で締めくくったあとは写真撮影で、かるく髪の毛をセットされ、屋外と室内あわせて何枚も写真を撮られた。

響太は証明写真みたいな撮られ方だと思っていたのだが、篠山や伊東が話しかけてくれ、それに笑ったり答えたりしているあいだにシャッターが押されるので、思ったよりも緊張しなかった。

四十分ほどで撮影も終わり、原稿チェックのスケジュールの話を篠山たちが終えると、インタビューの仕事はおしまいだった。

「ちょっとお話ししたいこともあるので、休憩がてらどこかに入りましょうか」

腕時計を確認しながら篠山が言い、駅近くの喫茶店に入る。響太の分もまとめてオーダーしてくれた篠山は、響太の顔を見てにっこりした。

「初インタビュー、ばっちりでしたね！」

「そう……だといいんですけど。大丈夫でした？」

「すごくよかったですよ。製作過程のこととか、普段お聞きすることってないので、わたしも新鮮な気分で聞いてました。先方も満足そうでしたし、それに写真写りもばっちりでしたよ」

「写真なんか、撮られたことないし、いいとか悪いとかわかんなかったですけど」

「わたしの期待以上にしっかりこなしていただいて、すごく嬉しいです。あ、食べてくださいねケーキ」

　頼んだシフォンケーキとアイスコーヒーが運ばれてきて、篠山が勧めてくれる。いただきます、と言ってお守りを握りしめ、響太はフォークを手に取った。キャラメル味のシフォンはふんわり優しい味、のような気がした。

　味はちゃんとするのだが、味わっている自分が自分ではないみたいに、感覚が遠い。展示会で聖の両親に認めてもらえるようにしよう、という目標ができたせいか、いつもより気持ちがぴんと張りつめて、ほかのことを考えたり感じたりする余裕がなくなっているかのようだった。

（でも、篠山さんが喜んでくれるくらいだから、ちゃんと仕事できてるよね）

　同じケーキを一口食べた篠山は、脇に置いたバッグを開ける。

「いただいてるラフのお返事は、道田のほうからさせていただきますね。今日はそれとは別件がいくつかあって。まずは、こっちからにしましょうか」

　そう言って差し出されたのは、見たことのない雑誌だった。シンプルな二色刷りで、レトロな装丁が可愛い。一か所、ピンク色の付箋《ふせん》が覗いていた。

「『月刊製菓の世界』？」

「お菓子業界の専門誌ですね。普通の本屋さんにも流通はしてるんですが、店頭にはほとんど並ばないので、見たことないと思います。それ、大学のときの友達の編集者に偶然見せてもらって、びっくりしちゃって。彼女に頼んで一冊買ったんですよ。利府さんに差し上げます」

ふふふ、と意味ありげに篠山は笑い、響太はきょとんとして首をかしげた。

「俺に？」

「だってそれ、伊旗さんが載ってるんですよ～。その付箋のとこです」

「えっ、聖が!?」

びっくりして、慌てて雑誌をめくると、大きめの写真が目に飛び込んできた。モノクロで、白いコックコート姿の真面目な顔をした聖は、いつもと違う雰囲気を醸《かも》し出している。若手パティシエを紹介するという企画ページのようだった。

「その記事に書いてあるんですけど、伊旗さん、フランスのコンクールですごく有名な人に声をかけられたんですって？　和の心が感じられる作品は受賞こそ逃したものの、注目が集まり今後の活躍が期待される、って書いてありましたよ」

楽しげに弾む篠山の声を聞きながら、ざっと記事に目を通すと、篠山が言ったとおりの文章とともに、聖の淡々としたコメントが掲載されていた。ローランに声をかけられたのは事実だが、決して自分の実力が原因ではない、これから努力したい、という内容だ。

「気になってその賞のこと友人に聞いたんですけど、普通のコンクールと違って個人で戦って、各部門一人しか受賞しないかわりに、審査やゲストでは有名なお店の人とかライターとか、製菓会社の人がいっぱい来ていて、受賞を逃しても、就職の声がかかったり、雑誌に取り上げられたりするんですってね」

「聖が……業界では有利に働く賞だって言ってました」

「そんなところで注目されるだなんて、すごいことじゃないですか。お二人とも、上り調子って感じですね」

もぐもぐとケーキを頬張って、篠山は優しい声を出した。

「利府さんも、お仕事はちょうど今が転機だと思います。伊旗さんもそういう時期だとしたら、それはきっとお二人が恋人として順調だからこその、チャンスだと思いますよ。いいことってお互いを呼ぶというか、続くものですから」

響太はじっと聖の写真に見入る。厳しいくらいの眼差《まなざ》しが、カメラのほうではなくどこかを見ている。舞い上がることも、過度に謙遜することもない、落ち着き払った表情に見えた。

(取材受けただなんて、一言も言ってなかったのに)

聖が誰かに認められる誇らしさと、知らなかった、という寂しさがせめぎあう。こめかみあたりがぴりぴりして、写真から目が離せなかった。

聖は、ちゃんと頑張っているのだ。なにも言わなくても、着実に。

動きのとまってしまった響太に、篠山が仕方なさそうに笑う。

「その雑誌、差し上げますから、帰ったら好きなだけ眺めてくださいね。利府さんにはまだ仕事のお話がありますから」

「仕事って、新垣先生の？」

「いえ、別のです。ちょうど昨日、S社さんからお電話いただいて。響先生にお仕事お願いしたいんだそうですが、どうしましょうか」

楽しげなプライベートモードから一転、落ち着いた仕事モードに切り替わった篠山の声で、響太は手元の雑誌を閉じた。まばたきして篠山を見つめると、篠山は有名な児童書のレーベルを挙げる。

「そのレーベルでのお仕事をお願いしたいってことだったんですけど、もし興味があれば利府さんのご連絡先を先方にお伝えします」

「興味は……ありますけど」

また新しい仕事だ、と思ったら、くうっと息がつまるような感触が、一瞬だけした。それをアイスコーヒーで飲み下し、ちゃんとしなくちゃ、と思う。聖だって頑張ってるんだから。いつも響太の一歩先を、聖が進んでいるのだから。

「締め切りとか……そのへんだけ心配です」

「そこは相談に応じてくれるみたいですよ。今お忙しいことは説明しておきましたから。利府さんにお気持ちがあれば、実際受けるかどうかはともかくとして、一度話を聞いてみるのもいいかもですね」

「じゃあ、そうします」

声をかけてもらえるのはありがたい。誰にも気に入ってもらえず、仕事がないのに比べたら、忙しいほうがずっとましだ。聖だって頑張っているんだし、疲れてる場合じゃないよねと気合を入れ、大きく切ったケーキを口に運ぶと、篠山はじっと響太を見つめた。

「それで最後のお話なんですけど」

「はい」

「わたし、今月から異動になったんです」

意識的にか、あっさりとした口調で篠山は言い、響太はしばらくぽかんとした。意味がよく飲み込めなかったのだ。篠山はほんの少しだけ、悔しそうな顔をする。

「このタイミングで本当に申し訳ないんですけど……今回の新垣先生との合同の企画についてだけは、わたしが担当させてもらうってことで了解もらってますので、十二月までは今までどおり、利府さんともお仕事させていただきます。でも、新垣先生の雑誌の連載は、別の担当に引き継ぐことになりました。今、誰がいいかわたしのほうでも考えてるので、ご紹介はもう少し待ってくださいね」

「えっと……あの、じゃあ」

混乱したまま響太は言いかけて、唐突に理解した。

「今月からって……もう、異動しちゃった、ってことですよね」

つまり、今回の仕事が終わったら、篠山とはお別れ、ということだ。

篠山が響太の顔を見て、困ったように眼鏡を押し上げる。

「すみません、動揺させてしまいましたよね。本当は、今回の企画が終わるまで黙っていようかとも思ったんですけど、雑誌の仕事は引き継ぎになっちゃったから。ごめんなさい」

「いえ……俺こそ、篠山さんが、悪いわけじゃないのに、びっくり……しちゃって」

「ずっとご一緒させていただいてましたもんね。わたしも寂しいです」

小さく微笑んで、篠山はそう言った。

「でも、部署は変わりますけど、これで永遠に利府さんとお仕事できないって決まったわけじゃないので、またご一緒することもあるかもしれません。それに同じ会社ですから、打ち合わせにいらしたときなんかは顔をあわせることもありますよ。十二月までは、ほぼ今までどおりだから、ご不便もおかけしないと思います」

「でも、そしたら篠山さんはかけもちで働くってことですよね。……なんか、俺のほうこそ、ごめんなさい」

「今回の仕事、わたしも思い入れがあるから、途中で『はい交代』ってはしたくなかったんです。だから謝ったりしないでください」

普段よりやわらかいトーンの篠山の声が余計に寂しかった。今まで、仕事相手の担当者が増えることはあっても、「変わる」という経験はなかったから、考えたこともなかった。この仕事にはそういうこともありうると、知識としては知っていたのに。

「それに、担当じゃなくなっても、プライベートなことで相談があれば、いつでも聞きますからね。わたしこれでも利府さんの友達でもあるって自負してるんです。……いや、どっちかというとお姉ちゃんかな？」

「お姉ちゃんだなんて」

成原さんも同じようなことを言ってたな、と慌てて首と手を横に振ったら、篠山はふふっと笑った。

「気持ちはそんな感じですから、いつでも遠慮なくどうぞってことです」

ことさら朗《ほが》らかにそう言われ、響太は胸が締めつけられるのを覚えながら頷いた。

(ほんとに、みんな優しい。成原さんも、篠山さんも)

「ありがとうございます。いっつも頼りっぱなしで……えっと、これからも、よろしくお願いします」

「こちらこそ」

にっこりした篠山は、「じゃあ別の会社からの依頼の件は、またご連絡しますね」と話を切り替える。響太はすっかり味のしなくなったシフォンケーキを口に入れ、アイスコーヒーで流し込んだ。それを見ていた篠山が、励ますように言った。

「今の利府さんなら、どこででも、誰とでもちゃんとお仕事できますよ」

「だといいんですけど」

曖昧に微笑んで返し、大丈夫、と響太は思う。篠山も大丈夫だと言ってくれているし、こうやって一人で食べることもできているし、インタビューだって写真撮影だって大丈夫だった。仕事が増えても、新しい人とやりとりが増えても、緊張するのは最初だけに違いない。

（誰だって、初めては緊張するって成原さんも言ってたし）

すべては、展示会で聖の家族にも認めてもらって、聖をもっと幸せにしてあげるためなのだ。

頑張らなくちゃ、と何度も思いながらコーヒーも飲み終えると、篠山とはその駅で別れた。まっすぐ家に戻って、道田と電話で打ち合わせし、作業に取りかかる。

新垣にも気に入ってもらって、展示会に来た人が喜んでくれて、聖の家族も感心してくれるような絵にするには、ただ漫然と描くわけにはいかない。たとえば技巧的なことも、色の濃淡も、線のひとつだっておそろかにはできなかった。

集中してしまえば時間が経つのはあっというまで、はっと気づいたときには玄関の開く音がして、聖が帰ってきたところだった。

しまったごはんも食べてない、と急いで立ち上がり、「おかえり」と出迎えると、聖は響太の顔を見てため息をついた。

「また飯食うの忘れて仕事してただろ。座ってな、あったためてやるから」

「い、いいよ、自分でできる」

「いいから」

椅子のほうに押しやられ、すとん、と座ってしまった響太は、キッチンに立つ聖を見つめた。疲れたそぶりもない逞《たくま》しい背中に、ゆらっと胸の中が揺れる。

「——篠山さんが、異動しちゃったんだって」

小さな声で言うと、聖が振り向いた。響太の顔を一瞥し、手にした皿を電子レンジに入れる。

「そうか。残念だな。おまえ、篠山さんのこと頼りにしてたもんな」

「うん……全然考えたことなかったから、びっくりした」

こたえながら目を閉じる。暗い視界のずっと奥で、きみどり色が光っている。きみどり、水色、だいだい色と薄紅色《うすべに》。フランスで見た花火の残像が、収縮して聖と見た夜空に変わっていく。遠い星空のイメージは、さっきまで描いていた下絵のせいだ。篠山なら、どんな感想を言ってくれるかなと思う。

「ほら、できたぞ」

ぼうっとしていると皿を並べる音と一緒に聖の声がして、響太は目を開けた。しょうがだれを絡めて焼いた魚と、豆腐《とうふ》のサラダ。いい匂いを嗅いだら現金におなかが鳴って、響太は箸《はし》を持った。

聖も向かいで食べながら、響太を見て目を細める。

「響太、前とは違うんだな。寂しそうだ」

「え？」

愛おしげでやわらかい声に視線を上げると、聖は声と同じくらい優しい表情だった。

「高校とか、専門学校の頃なら、周りの人間がいなくなるのなんて気にしなかっただろ、おまえ。だから、篠山さんが異動して一緒に仕事できなくなって寂しいっていうのは、いいことだと思って」

「いいこと……かなあ？」

「いいことだよ。頼りにしたり、信じたりできる人が増えたってことだ。寂しいって自覚できないより、できたほうがいい」

ごはんを口に運ぶ聖を見つめ、響太は首をかしげた。寂しいのなんて、感じないほうがいいと響太なら思う。それに。

「でも俺、聖が一番好き」

「わかってるよ。世界で一番俺が好きなんだよな」

「聖しか、好きじゃない」

「知ってる。でも、篠山さんと一緒に働けないのは寂しいんだろ？」

「――――うん」

そうだ寂しい、と実感したら、なんだか不思議な気持ちになった。寂しい、だなんて、今まで聖以外に感じたことはなかった。

唐突に息がつまって、響太は箸を置いた。半分も食べていないのに、苦しくて入っていかない。聖が訝《いぶか》しげに響太を見て、ふっと眉をひそめて立ち上がった。

「大丈夫か？」

「――聖」

我慢できなくて、どうしようもなくて、響太は聖に手を伸ばし、しがみつくように抱きついた。ぎゅう、と身体全体を押しつける響太を、聖は危なげなく抱きとめる。無言で髪を撫でられて、熱い、と響太は思った。

喉から胃のあたりが、身体の真ん中が、熱い。

「聖……ぎゅって、して。もっと……もっと」

もっと聖とくっつきたくて焦れったかった。歯嚙みしたいような気分で顔を上げ、夢中で聖の唇に自分のそれを重ねあわせる。ぶつかるようなキスはすぐに弾んでずれてしまい、うう、と声を漏らしたら聖のほうからし直してくれた。

「っ……ん、……っ……」

舌で口の中を撫でられて、目の奥がちかちかした。気持ちいい。でも足りない。

(もっと、そばに来てよ聖)

互いの身体のあいだに服があるのがひどく邪魔だった。必死で聖の舌を追いかけながら、震える手で聖のカットソーを捲り上げると、キスをほどいた聖が耳元に口を寄せた。

「ベッド行くか。飯はいつでも食えるから」

「──ん。し、たい」

一秒も離れたくなくて抱きつく腕に力を込めると、聖は向かいあったまま響太を抱き上げてくれた。子供みたいに抱っこされて、寝室まで運ばれ、ベッドの上に下ろされる。

「聖……っ、ぅ、んんっ……」

キスされながらシャツのボタンを外されて、ああ今日写真に撮られた服だ、と変なことを考える。雑誌に載った写真を見たら、聖に脱がされているこの時間のことも思い出してしまいそうだ。

ほんの一瞬現実に返りそうになって、響太は聖の服に手を伸ばした。胸のあたりまで持ち上げると、聖が自分で脱いでくれ、響太もむしり取るようにシャツを脱ぎ捨てた。もどかしくコットンパンツを下ろし、脇腹に触れてくる聖のてのひらに身悶える。

「ひじりっ……聖、」

皮膚《ひふ》が触れあうだけでぞくぞくした。ぶるりと震えてしまう響太をなだめるように、聖は唇を重ねてゆっくり手を這《は》わせてくれる。脇腹から胸へ撫で上げ、丸く円を描いてから指先で乳首を優しく転がす。過敏になった乳首からはつきんと痛いほどの快感が走って、響太はひくりと腰を揺らした。

「んんっ……は、ぁっ……は、……ふ、ぁっ」

気持ちいいのと同時に、もの足りない気がした。聖が触れていない場所がすうすうする。もっと触って、と言いたくなって、響太は自分からも聖に触れた。しっかり筋肉のついた肩や、背中。首筋。奥で脈打つ心臓が感じ取れる胸の真ん中。

(寂しい。——寂しいよ、聖)

「大丈夫だよ」

愛撫《あいぶ》するというより確かめるような響太の手つきに、聖が低い声で囁いた。

「俺はどこにも行かないから」

「……うん」

目と鼻の奥が冷たく痛んで、怖いんだ、と響太は唐突に悟った。

ずっとつきまとっていた不快感のような、ちくちくした痛みや胸がざわざわするあの感じは、怖い、と思っていたからだ。

（——俺、ほんとは、変わりたくなんかない）

やんわりと口づけて、頭を撫でて抱きしめてくれる聖の重みを感じながら、響太は呆然《ぼうぜん》と悟った。

変わりたくない。聖と二人きりでいて、聖だけ好きなら寂しくならなくてもいいし、ぬくぬくと幸せに浸《ひた》っていられる。どこにも行かず、なにも見ないで、小さな小さな家の中で抱きしめあってさえいれば、なにもなくさない。

でもそれでは、聖を幸せにはしてあげられないのも、ちゃんとわかっていた。

聖が考えてくれた未来にたどり着くには、その前にやらなくてはならないことがたくさんある。それも、聖に任せておけばすむわけじゃない。

だって響太は聖の子供でも弟でもなく、恋人だから——聖だけが努力するなんて不公平だ。

（聖のことも幸せにしてあげようって決めたのに）

そのためには変わらなくてはいけないのに、わかっていても嫌だなんて——どこまでわがままなんだろう。

どうして嫌だと思ってしまうのか、自分でもよくわからなかった。ただ、怖い。

「んっ……あ、ぁ、あ……っ」

聖の手がうなじに下りて、それからそっと下半身に添えられ、響太はそこを差し出すようにして身をよじった。半分硬くなりかけた性器をすっぽり包み込まれ、優しく上下にこすられる。

「ぁ、あ……ひじり……っ、ん、……あっ」

じんと腰の奥まで痺《しび》れが走る。熱が下腹部の奥に溜まって、だるいような感覚が下半身を埋めていく。もっと扱かれたら透明な汁が滲《にじ》んできて、そうなったらとろけるようにおなかが熱くなって、射精してぐったりしたらお尻の孔をいじられる。覚えてしまったセックスの手順。恋人同士の行為。

「ん、ぅ、あっ……聖、お尻っ……も、お尻、のほう、して」

泣いてしまいたい、と思いながら、響太は聖の手を掴んだ。脚をひらいて膝を持ち上げ、自分から聖の手を股間の奥にいざなう。

「こっち……入れて。すぐ、したい……」

「響太」

見下ろす聖の眉根がぐっと寄り、一瞬、呆れられたような気がした。けれど聖はすぐに噛みつくようにキスしてきて、右手が性急に孔を探り当てた。

「潤滑剤、市販のしかないぞ」

「い、いよ、平気……っ、待て、ない……あッ」

乾いた指先が入りたそうに襞を撫でたかと思うと、聖は身体を起こして響太の脚を持ち上げた。尻が浮き、大きくひらいた股間に聖は顔を埋めてくる。

「あ、やっ……あああ、い、い、舐めない、でっ……」

そこを舐められるのはどうしても恥ずかしい。けれどぬるりと舌を入れられると、その羞恥《しゅうち》は燃え上がる火のように色を変えた。

「ふぁっ……ひ、あ、ぁッ、ああ……ッ」

潤すように唾液をまぶされる。舐められるのはいつもなら恥ずかしいのに、聖の欲望を実感できることに安心した。きちんと慣らさなければつながることもできない、不便な身体だけれど。

ぐちゅぐちゅと舐めほぐされて、それから潤滑剤を使って指で広げられる。とろりと中から液体のこぼれ出る感触に、響太は震えながらまばたいた。

「も、いいよ……入れて、ってば」

「まだ、苦しいと思うぞ」

「平気だから。も、待てない」

聖の指を自分の孔の縁がきゅっと食い締めるのを感じる。おねがい、と響太が見上げると、聖はため息をついて静かに指を抜いた。

かわりに、すっかり張りつめた性器がそこにあてがわれて、腰を手で掴まれる。

「息吐いて、力抜いてろよ」

「ん、……っ、……は、……っ、あ、あ……っ」

みし、と軋《きし》んだ気がした。ねっとりと粘膜《ねんまく》に密着した聖の先端が、襞を引き伸ばして入り込み、狭い器官をこじ開ける。鈍い痛みと圧迫感に浅い息を吐いて、響太はより深く侵入しようとする肉塊を受け入れた。

「あっ……う、……く、ぅっ、ふ、……っ」

「悪い。きついよな」

わずかに苦しげに顔をゆがめて、聖が胸を撫でてくれる。きゅっ、と優しく乳首をひっぱられ、走る快感に気を取られると、ずぶっ、と聖の分身が沈んできた。

「——っ、は、ぁあっ……あ、ひ、じ、……りっ……」

熱いようにも痛いようにも感じて苦しくて、苦しいことにほっとする。苦しいくらい、聖が入っていると思うと、もっと痛くてもいい気さえした。

「ひ、じり、もっとっ、おくっ、き、てよ、……も、……っと、ぅッ」

「あんまり煽《あお》るなよ」

聖が唸《うな》るような声を上げて、ぐっと腰を打ちつける。ぬぬっ、とさらに深く入った先端が響太の奥の壁にぶつかって、ぴぃんとつま先まで痺れた。

「——ッ、あっ、あーっ……！」

噴水のように、穿たれた場所で快楽が弾ける。溢れて飛散する気持ちよさを追いかけて、響太は自分で腰を揺すった。

「あッ、う、……あ、ぁ……っん、……っ、あ、ッ」

「あんまり……締めるな、って……くそ」

休みなく響太の中を行き来しながら、聖は身体を重ねるようにして、響太の顔を覗き込んだ。大丈夫だから、と吐息《といき》だけで囁かれ、響太は聖の背中に手を回した。手だけでは足りなくて、脚も絡みつかせて、名前を呼ぶ。

「ひじりっ……ひ、じり……好き、……すきっ」

「うん。——愛してる」

髪をかき上げ、キスをして、聖はぴったりと奥まで性器を入れてくれる。一番気持ちよくて、快楽だけに支配されてしまう、深い深いところを、熱くて硬い切っ先がかき回す。

「ンッ、あ、……あ、ア、アッ……！」

ああ達ける、と思った瞬間には、射精していた。放出する刺激に身体を仰け反らせ、よじれるようにすぼんだ内壁で、聖の雄がどくりと脈打つのを感じる。

「……は、……あぁ、……あ、あ……」

この世で一番気持ちのいい瞬間なのに、まだ足りない気がして、響太は喘《あえ》ぎながらだるい腕で聖に抱きついた。

「ま……だ、もっと、……も、いっかい、して……聖っ……」

「――いいよ、響太。摑まってな」

低く優しい声で聖は言い、唇を重ねてくる。差し込まれる舌に、響太は無心に吸いついた。


バタン、とドアの閉まる音がした気がして目を開けると、もう朝だった。窓の外が灰色に明るい。水のしたたる音で、弱い雨が降っているのだとわかった。

起き上がった響太は、くしゃくしゃになった髪をかき上げてため息をついた。――失敗した。聖が朝早いとわかっていたのに、昨晩あんなふうにせがんでしまうなんて。

「聖……ちゃんと、眠れたかな」

ベッドを出ればテーブルにはメモが置いてあり、「おはよう。昨日の残りと朝食は冷蔵庫。好きなほう食べてくれ」と書かれていた。

朝食なんてよかったのに、と唇を噛んで、今度からは朝ごはんくらい俺が作るよと言ってみようかなと考える。温め直した昨日の夜の残りと、卵サラダとパンを全部テーブルに並べ、いただきます、と手をあわせた。

(でもきっと、食事作るのは、聖が譲《ゆず》らないよね)

どんなに忙しくても、聖は食事を作るのだけは響太に頼もうとしなかった。ごみを出しておいてくれとか、洗濯物たたんでおいてと言われたことはあっても、食事の支度だけは必ず聖がするのだ。

サラダをパンに挟んで頬張って、おいしいなあ、と思う。咀嚼《そしゃく》するごとに干からびていた身体に栄養が染み渡っていく感じがする。下半身には鈍い違和感があって、耳の底には「愛してる」の声が残っていて、目を閉じればいないはずの聖に抱きしめられている気がした。

愛されている。

疑う余地なんてなく、本当は寂しくなる隙間もないくらい、聖に大事にされているのだ。

昨日は「して」なんて言わなければよかったと、響太は後悔した。

子供じみた不安で聖に無理させるなんて、恋人失格ではないか。フランスに行く前に、これからの三か月は聖を甘やかしてあげたいと思っていたくせに、まだ一度だってできてない。

「明日から……じゃなくて、今日から」

目を開けてがぶりと即席サンドイッチに噛みついて、響太は自分に言い聞かせた。

「もっと、家事とかもしよう。洗濯と掃除くらいは、俺が毎回やることにして、聖のこと、ぎゅってしてあげる」

愛しているのだから、なにも怖くないはずだった。変わっても、響太が普通の大人になっても、聖は響太を好きでいてくれる。篠山だって友達だと言ってくれたし、変わるのは怖いことじゃない。

平気、と呟いてパンを平らげ、昨日の魚もしっかり完食して、響太は腕捲りした。

だいたい、ほとんど家にいるのは響太のほうなのだから、家事の大半を聖がやっているのも変なのだ。タイマーをかけて仕事の時間を区切れば、二日に一回洗濯をするとか、買い物をかわりに行くとか、できることはいっぱいあるはずだった。

◇　外の世界　――だいだい色――　◇

家事の分担を増やしたい、という響太の申し出に、聖は思った以上に難色を示した。

「べつに俺一人でできてないわけじゃないし、どうしても時間がないときは今までだって頼みごとしただろ？　それじゃだめなのか」

「だめ、じゃないけど……不公平、だなって」

「八割くらい俺が好きでやってるんだから、不公平とか気にしなくていいんだぞ」

さらっと髪を撫でて聖はそう言ってくれたけれど、はいそうですか、と引き下がるわけにはいかなかった。なんとか粘《ねば》って、洗濯は全部響太の分担にしてもらい、買い物も必要なものを聖に聞いて買ってくる、ということにした。

聖は最後には、「俺が邪魔するのも健全じゃないし……全部俺がやるのがいいけど、それはそれでエゴだろうし……」とぶつぶつ言って、なんとか納得してくれたようだった。

これでとりあえず、少しは聖も楽になるはずだとほっとして、家事をする時間を取るためにタイマーをかけて仕事をすることにしたのだが、それが思いの外いい効果を生んだ。

意外とはかどるのだ。響太は一度作業をはじめたら極力やめたくないのだけれど、時間が来て中断しても、心配したほど気持ちも集中力も途切れないし、むしろ短時間で集中しなければと思う分、手が速く動くようになった気がする。

ふかふかになった洗濯物をたたみ終え、響太は聖にスマートフォンでメッセージを送った。買い足すものがあれば買っておくよ、と送信して、時計を確認する。午後一時半。お昼ごはんを食べてしまおうかと、冷凍庫から作り置きのミートソースを出してきて、電子レンジで温める。パスタは面倒なのでごはんもレンジで解凍し、ミートソース丼にして食べ終えて、響太は窓から外を見た。今日も雨が降っている。

今年は雨が多いなあ、と思いながら、聖からの返事を確認しようとスマートフォンを見たが、まだ来ていなかった。この時間はお昼の休憩だったはずだけど、と首をかしげたが、たまたま忙しかったか、見るのを忘れているのかもしれない。

なにかあったら連絡して、ともう一度メッセージを送り、机に向かう。今回の仕事はすべてアナログでという依頼で、展示会も意識してサイズは大きめだ。広げた大きな紙の上に、丁寧に色を乗せていく。

物語の舞台が夜なので、淡い虹色に塗り分けた上に、黒のクレヨンを重ねてドーム状の背景を描き、そのクレヨンを削って下の色が見えるようにして、星を描いていくことにしたのだが、試しに小さいサイズの絵でやってみたときは、ちょっとした工作みたいでなかなか楽しかった。仕上がりのバランスを考えつつ色を塗り進める。

セットしたタイマーが鳴り響き、手をとめたときにはもう夕方だった。部屋が暗くなっていて、すっかり陽が落ちるのが早くなったのだと実感した。慌てて電気をつけてから、響太はなんの気なしにスマートフォンを手にして確認し、すうっと腹が冷えた。

聖から、なんの返事もない。

こんなこと今までなかった、と思ったら頭から血が下がっていく感覚がした。

なにかあったのかも、と焦って玄関に向かおうとしたら、外の通りで車が停《と》まる音が聞こえて、響太はドアを開けた。わけもなく聖がそこにいるような気がして、大急ぎで階段を駆け下りると、タクシーが走り去るところだった。

暗くて狭い道路の端に、聖が立っていた。見慣れないなにかを脇に抱えるようにして、右手で傘《かさ》を差しているのが不自由そうで、響太は何度もまばたきする。聖、と呼ぶより早く、彼のほうが響太に気づいて、決まり悪げな顔をした。

「ただいま、響太。どっか行くところだったか？　傘ないと濡れるぞ」

「ちがくて……聖が、」

呆然と呟いて、近づいてくる聖を見つめ、脇に抱えているのが松葉杖《まつばづえ》だとようやく認識した響太は、慌てて駆け寄った。

「聖っ……どっか、怪我《けが》っ……」

「こら、濡れるだろ。大丈夫だから、とにかく部屋に入ろう」

飛びつきたかったけれど、痛いかもしれないと思って寸前で思いとどまった響太の上に傘を差しかけて、聖は目線で促した。

「怪我ならたいしたことないから」

「ど、どこ？ 痛くないの？」

歩きにくそうな聖を見ると、心臓が破れそうなほどどきどきした。触りたいのに触れなくて、意味もなくうろうろしてから、聖の手から傘を取る。

「お、俺が差す」

「悪いな」

小さく苦笑し、聖は慣れない松葉杖をあやつってマンションの庇《ひさし》の下に入った。階段をゆっくり上り、響太が鍵もかけずに飛び出してきた部屋に入るあいだに、聖が怪我をしたのは左足だとわかった。包帯でぐるぐる巻きにされ、通常の倍くらいの大きさになった足が痛々しくて、胸が苦しくなる。

「聖……足、痛い？」

彼らしくもなく重たい音をたてて椅子に座るのを、手伝うこともできずに見守って、響太は声を震わせた。聖はおいで、というように手を差し伸べてくれる。

「昼休みに、店の近く歩いてたら、傘差して走ってる自転車がほかの自転車とぶつかりそうになってさ。こっちに倒れ込んできて、俺がよけると後ろの女性にぶつかりそうだったから、そのまんま覚悟してぶつかったけど、一緒に倒れてこのざまだ。みっともなくて悪いな」

「みっともなくなんか」

胸もこめかみも痛かった。身体は小刻みに震えている。気づいた聖は力強く響太を抱き寄せると笑ってみせた。

「足にひび入っててびっくりしたけど、けっこう骨折しやすい場所なんだってさ。治るのには一か月くらいかかるらしいけど、立ち仕事も痛みがひどくなければやっていいって言われた。店長が心配しちゃって、明日と明後日は休みくれたよ」

「治るのに一か月もかかるの!?」

「ひびも骨折のうちだからな。痛みどめも打ってもらったし、今は全然痛くない。固定されてて動くのが不便だけど」

「痛みどめって、痛いってことじゃん」

なんで平気そうなの、と顔をしかめて、響太はやっと手を伸ばした。聖の肩をそっと掴む。服ごしにじんわりと体温が伝わり、あったかい、と思った途端《とたん》、胸を突き抜けるような痛みが走った。

「……っ、痛い、って、ことじゃん……っ、怪我っ……治るの、一か月もかかるって、痛いじゃん……！」

聖はなにも悪くないのに、「馬鹿」と言ってしまいそうで、響太は聖の服を握りしめた。

「連絡……来ないから変だなって……思ってたら、こんなっ……」

「響太」

聖が眉をひそめて見上げてくる。大きなてのひらが頬を包み込んで、響太はまばたきした。怒りか衝撃か悲しみか、感情が高ぶりすぎて聖がゆがんで見える。

「スマホ、転んだときに割れちゃって、見てなかったんだ。病院からでも連絡すればよかったな。ごめん」

「……っ」

「ほんとにたいした怪我じゃない。泣かなくていいよ」

長い指で目元を優しく拭われて、そこが濡れていることに気づいた。泣いてる、と自覚したらひらいた唇から掠れたため息が漏れて、どっと涙が溢れてくる。身体中、思いきり締め上げられたみたいに苦しくて、痛くて、響太は震える腕を聖の首に回した。

「聖……し、んだら、やだ」

「——ごめん」

「やだよ……聖。死なないで」

足にひびが入ったくらいで人は死なないと、響太だってわかっている。わかっていても、痛みも苦しさもやわらぎはしなかった。

怪我をした、ということは、一歩間違えたら死んでいたかもしれないということだ。

突っ込んできたのが自転車じゃなく、車だったら？　同じ自転車でも当たりどころが悪ければ死んでしまうこともある。朝、いつもと同じように家を出ても、いつもと同じように帰ってくるとは限らない。おばあちゃんが、学校から帰ってきたら冷たくなっていたように。

ただの物の塊みたいになった祖母の姿が、はっきり脳裏に蘇《よみがえ》る。こわごわ触れたときの奇妙なやわらかさと、体温を吸い取られるようなぬくもりの欠如。とうに忘れたと思っていた。すかすかした気持ちや灰色の空、家の中の冷たい空気と静かさ、なにも食べられない不安、逆らいようのない吐き気。

ううう、と声を上げて、響太は聖にしがみついた。あったかい。大事な聖。

「聖……ひじり」

声をあげて泣いてしまうと、もうとまらなかった。いくらでも涙が込み上げてきて、聖の肩先を濡らす。

「ここにいるよ」

囁くような音量で、聖が言った。辛抱強く何度も頭や背中を撫でられて、響太は余計に悲しくなった。こんなに好きでこんなに大事なのに、世界には予測できない危険がいっぱいあって、もしかしたら明日にでも聖は死んでしまうかもしれないのだ。

響太をひとり残して。

(やだよ聖。いかないで。俺をひとりにしないで。聖がいなかったら――俺)

聖がこの世に存在しなくなったら、冗談でも比喩《ひゆ》でもなく生きていけない。そばにいないというだけであんなにも枯れたように弱ったのに、いなくなったら寂しさで息もできない。

聖、と呼びたいのに、漏れるのは嗚咽《おえつ》だけだった。

どれくらいの長さかわからないほど泣き続けて、泣きすぎて息がつまり、大きく胸を喘がせる。咳《せ》き込んでしまうと、聖は優しく響太の背中を叩いて、そっと自分から引き離した。かわりに膝の上に座らせてくれ、顔を覗き込む。

「泣かせてごめんな。でも俺はここにいるだろ。好きなだけ、くっついていいから」

涙でびっしょり濡れた頬に唇を押し当てられ、響太はひくりと喉を鳴らした。熱を帯びた顔で受けとめた聖の唇はぬるくて、同じくらいの体温なんだ、とぼんやり思う。

(聖……生きてる)

そのぬるい唇が響太の唇にも優しく触れて、しばらくのあいだじっとしていた。

不規則にひきつれた呼吸二回分、キスしてくれた聖は、最後におでこにもちゅっとキスし、あやすように響太の背中を叩く。

「泣かせたお詫《わ》びに、なんでもわがまま聞いてやるよ。なにがいい?」

「——わがままなんか、聞いてくれなくていいよ」

からかうような声を聞いたら、真っ赤に燃えたようだった頭の中が、少しだけ冷えた。唇を尖らせて「子供扱いして」と呟いて、もう一度聖に抱きつく。

「そんなの、全然聞いてくれなくていい」

離れないで、死なないで、ずっとそばにいてくれさえすればいい。そう思ったけれど、同時に、それが一番わがままで欲張りな願いだなとも思った。誰にも約束のできない、永遠に叶えられることのない願いだ。

いつかは必ず破れる願い。

「――なんか、ごはん、作る」

抱きついたまま離れたくないという気持ちを押し殺して、響太は身体を離した。

「足、大変だよね。簡単なのしかできないけど、なにか作るよ」

聖は困ったような顔をしたあと、テーブルに摑まって立ち上がった。

「じゃあ、一緒にやろう。ほんとに痛くはないんだ」

「いいよ！　一人でも作れる。オムライスくらいだけど」

「二人でやれば楽だろ。手伝ってもらうから」

言い募《つの》る響太の肩をなだめるように抱いて、聖は左足をかばいながらキッチンに立った。譲る気はないようで、「たまねぎとハム出して」と当然のように言われて、響太はしぶしぶ冷蔵庫を開けた。

納得しかねて頰を膨《ふく》らませつつたまねぎを手渡した響太に、聖は仕方なさそうに微笑した。

「飯作るのは俺の気分転換も兼ねてるから、やらせてもらえたほうがいいんだよ」

「でも」

「響太には洗濯やってもらってる。最近は買い物もしてもらってたし、おまえのほうが時間かかる仕事なのに、ありがとうな」

手際よくたまねぎを刻みながら、聖は穏やかだった。横顔を見つめると、また喉から胸のあたりが苦しくなって、響太はそっと押さえた。そうでもしないと、聖に手を伸ばしてしまいそうだった。

「怪我したのが手じゃなくてよかったよ」

刻んだたまねぎをフライパンに移し、続けてハムも切りながら、聖は独り言のように言う。

「手だったら仕事も難しいし、響太のこともぎゅってしてやれないもんな」

「――」

「あ、コーンも出して」

「……うん」

また涙が出そうだった。のろのろと冷凍庫からコーンの袋を取り出して、まな板の脇に置き、我慢できずに聖の背中から手を回す。

「ぎゅっとは、俺がする」

「響太」

「聖ができなかったら、俺がするもの」

しっかりした背中の筋肉に顔と胸を押しつけて、このまま離れたくないなと思った。ほどけないようにくっついて、聖が死んでしまったりしないように、痛い思いをしないように、ずっと見張っていたい。どこにも行かなくたっていい。将来の夢なんか叶わなくていいから、聖をなくしたくない。

（……すごいわがまま。絶対、言えない）

ため息を無理やりに飲み下すと、前に回した手の上に、聖が手を重ねた。

「明日、ロッククッキー焼いてやるよ。久しぶりだろ」

「――――う、ん」

「朝は、好きなだけベッドの中でごろごろできる」

「うん」

慰められてる、と思えばいっそうせつなかった。明日なんか来なくていい、と考えてしまってから、馬鹿みたい、と響太は思う。わかっているのに、どうして子供みたいなわがままばかり浮かんでくるんだろう。どんなに閉じこもっていたって、生きている以上は時間が流れていくのに。

聖に恋していると自覚する前、結ばれる前は、恋人同士になりさえすれば、全部解決するように思えていた。でも、おとぎ話みたいに、結ばれたら「めでたしめでたし」で終わるわけじゃない。生きて時間が流れている以上は、終われないのだ。

嬉しくてたまらなくて、幸せしか感じなかった時間のどこかで、アクリル樹脂《じゅし》の中にでも閉じ込められてしまえばよかった。そうしたら、寂しい思いも不安も感じずにすんだ。

「……アクリル樹脂、苦しいよね、きっと」

「アクリル？　なんだそれ、いきなり」

「なんでもない」

響太は諦めて手から力を抜いた。一歩聖から離れるだけで猛烈に悲しくなって、人間って不便だなと思う。離れていないと不自由だなんて。

聖は手際よくごはんと野菜を炒《いた》めあわせ、別のフライパンでは卵を焼いた。卵二つで綺麗に丸く、半熟に焼きあげた卵焼きをケチャップで味つけしたごはんの上に載せて、オムライスができあがる。

「ちょっと手抜きバージョンだけど」

聖はそう言ったけれど、すごくおいしかった。いつもと同じように細胞のひとつひとつで虹色が弾け、それから、おなかの真ん中がぼうっと熱くなった。赤から橙色《だいだい》に燃え盛る火が、身体の内側をちろちろと舐めて、焦げつくように痛む。

生きてる。ちょっとずつ死んでいくために。

(――将来のことなんて、なんでみんな考えられるんだろう)

時間が流れた先には、さみしい終わりも待ち受けているのに。

聖は二日だけ仕事を休み、三日目にはすっかり慣れた様子で松葉杖をあやつって出勤していった。

すっきりしない天気が続き、雨ばかりなのが不便そうで、見るだけでも胃が縮むような心地がしたが、聖は一度も痛いとも言わず、愚痴めいたことも一言も口にしなかった。

あんなに泣いてしまったのだから当たり前か、と反省した響太は、洗濯以外の家事も日課にするようになった。聖ほど手際よくできないから、どうしても時間がかかるのだが、なにかしている、と思うのは励みになった。

仕事だけしかできなかったらもっとへこんでいたかも、と思いながら一週間が過ぎ、お互いに新しいサイクルや動作に慣れた頃、響太は眠れなくなった。

聖が怪我をして三日後から、寝つきにくいな、すぐに目が覚めるな、とは思っていたのだが。

(……やっぱり、眠れないなぁ……)

同じベッドの中、聖は規則正しい寝息を立てている。起こしてしまわないようにそっと身じろぎ、彼の鎖骨《さこつ》あたりに額を押し当てて、ため息をついた。

聖の腕は右が響太の頭の下にあって、左が胴を包むように回っている。しっとりあたたかい腕の中は、いつもだったら数分で眠くなってしまうゆりかごみたいなのだが、どうしても眠れなかった。

眠るのが怖いんだろうな、と響太は他人事のように思う。

フランスに行く前からずっと感じていた不安なざわめきは、寂しかったわけじゃない。寂しさと怖さは表裏一体で、寂しくなるのが怖かったのだ、と今ならはっきりわかる。おばさんと話したときも、聖が将来ひらきたい自分の店のことを聞いたときも、大人になろうと頑張っているときも――ときおり襲ってきた、あの不安。

無意識だったときから、きっとどこかでわかっていた。大人になるということの意味が。だから、怖かったのだ。

(聖と絶対離れ離れになりたくない)

耳を押しつければ鈍く聖の心音が響いてきて、それを聞いているあいだだけが安心できた。

暗闇に目を凝らし、呼吸の音と心臓の音が重なりあうのを飽きることなく聞く。聞いているとだんだん眠気が襲ってくるのに、眠りに落ちそうになると、はっとしてまた意識が戻ってしまうのだった。

安心して眠ったあとで、聖が死んでしまったらどうしよう。そう考えたのは、聖が仕事に復帰した日の夜だった。その日は「そんなことめったに起こらない」と自分に言い聞かせてなんとか眠れたのに、日に日に、眠るのが難しくなってきている。かといって昼間、一人なら眠れるということもなかった。

一睡もできないわけではないから、眠気はあるけれど不調はまだ感じない。それでも、この状態が長く続くのはよくないのはわかっていた。

(俺って、欠陥品なんじゃないかな)

食べられないの次は眠れないなど、軟弱というか、子供っぽいというか。どっちにしても自分で呆れてしまう。

静かなため息をついて、響太は自分も聖の身体に手を回した。かすかに声を漏らし、身じろいだ聖は、響太を抱きすくめるように一度力を込めて、また脱力する。よく寝てる、とほっとして、少しだけ身体の位置をずらし、響太は聖の顔を見つめた。

暗がりでよく見えない顔は、じっと見ていると少しずつ輪郭《りんかく》がはっきりしてくる。聖の寝顔を見たことなんてほとんどなかったから新鮮だ。無防備な表情に、微笑みたいような、泣きたいような気持ちがした。

「あしたは、どこにも、いかないで」

起こしてしまわないよう、吐息だけで呟く。誰も聞かないおねだりは、靄《もや》みたいに暗闇に溶けて、心の中に澱《おり》だけを残した。

こんな汚い願いは燃えてしまえばいいのに、と思いながら、響太は目を閉じた。眠らなければ。弱音なんか吐いている暇はない。急いで努力しないといけないから、疲れたり弱ったりはできないのだ。響太が聖を幸せにする前に、聖が死んでしまったら元も子もないのだから。

(寝なきゃ、ちゃんと)

聖の生きている音を聞いて、訪れる眠気を必死で追いかける。仕事をきちんとこなすためにも、寝なければもたない。

けれど、努力しても、この日も、うとうととまどろみかけてははっと起きてしまうのを繰り返して、結局眠れたのは明け方近かった。

よく眠れないのをごまかしごまかししているうちに、十月も半ばになったある日、聖宛に一通の封書が届いた。発送元はフランスの住所になっていて、なんだろうと気にしていたら、聖が白い四角い箱を持って帰ってきた。

「ただいま。これ、誕生日ケーキ」

「えっ」

まばたきして箱を受け取った響太に、聖は苦笑いした。

「今日、おまえの誕生日だろ。ほんとは朝に言いたかったけど、響太寝てたから。誕生日おめでとう」

ちゅ、とこめかみにキスされて、椅子に座らされ、響太はカレンダーを確認した。十月十七日。たしかに、自分の誕生日だった。

「忘れてた……」

「毎年律儀《りちぎ》に忘れてるよな、おまえ」

聖はキッチンできびきびと立ち働きながら笑った。冷蔵庫から出したシチューを温めるかたわらで、手早く調味料と粉を鶏肉にまぶしていく。慌てて立ち上がりかけたら、彼は振り向いて目尻を下げた。

「ケーキ、皿に出しといて。座ってていいから」

「でも」

「唐揚《からあ》げ揚げるだけだから。あ、サラダ冷蔵庫から出して、ドレッシングかけといてくれてもいいぞ」

「わかった」

まだ外では松葉杖が手放せないのに、聖は左足をかばいながらも平然としている。響太は冷蔵庫からサラダを出してドレッシングをかけ、温まったシチューを一皿に取り分けてテーブルに並べる。白い箱は開けてみるとオーソドックスなショートケーキと、青いロウソクが二本、オレンジ色のロウソクが五本入っていた。

きゅう、と胸が痛む。

「聖。これ、聖が作ってくれたやつだよね」

「そうだよ。昼間、職場で頼んで作らせてもらった。店長が今年もか、って笑ってたよ」

苺《いちご》が飾られたショートケーキは、初めて食べたケーキだから、一番好きな種類だ。聖はずっと昔から誕生日にはこれを作ってくれた。最初のときは綺麗に生クリームが塗れていなくてでこぼこしていたけれど、すっかり上手になって、今年は縁の飾りが可愛い。

聖が響太のためだけに作ってくれるケーキ。コンクールで作っていたような、凝っていて華やかで珍しい見た目ではないけれど、響太にとってはこれが一番の「聖のケーキ」だった。

「生クリーム、ハート型だ」

懐かしくて、嬉しい。顔を近づけて眺めながら呟いたら、揚げたての唐揚げを持ってきた聖が「ラブラブっぽいだろ」と言った。すっかり定位置になった角を挟んで隣の椅子に座り、ロウソクをケーキに立ててくれる。

「火つけるのはあとにして、先に飯食おうか」

「うん。おなかすいた」

ぺたんとくっついて甘えたい気持ちになりながら、響太はいただきますと手をあわせた。

なんだか久しぶりに、ほっとしたような、懐かしいような気分だった。

シチューと唐揚げとサラダという、誕生日にしては色気のないメニューは響太の好物《こうぶつ》を揃えているせいだ。一昨年はチャーハンをリクエストして、ちょっと豪華なチャーハンにしてもらったなあ、と思いながら頬張ってから、思い出した。

「そうだ。聖に手紙来てたよ。フランスから」

「フランス？」

「うん」

テーブルの端に置きっ放しにしていた封書を手渡すと、聖は数秒迷ってそれを開けた。中身を確認する表情は真剣だった。

「なんの手紙？」

「七月のコンクールの会場になったリヨンの学校からだ。たぶん——ああ、やっぱり、そうだな」

読み終えた聖は響太にも手紙を見せてくれた。Ａ４一枚に英語の文面が印刷されている。

「あそこで毎年ひらかれてる強化講習に招待しますよ、っていう手紙だ。来年の四月に十日間。講習は五日で、残りの日は観光ができるコースなんだ」

「招待されるの？　聖が？」

響太は思わず手紙を見直した。よく見れば、スクールとか四月とかの単語が並んでいる。

「業界では注目度の高いコンクールだって言っただろ？　コンクールの主催には学校も入ってる。その関係で、どういう基準かわからないけど、出場すると翌年の強化講習に招待されたり、ほかのコンクールに出てくれって誘いが来たりするんだよ。断ることもできる」

「そうなんだ」

ではやはり、聖のケーキに目を留めた人がいた、ということなのだろう。聖のケーキおいしかったもんね、と嬉しくなって、響太は手紙を聖に返した。やっぱり聖はすごい。

「招待されるなんてすごくない？　あのケーキおいしかったもん！」

「そういう理由かどうかはわからないけどな」

「どういう理由でも、聖が認められたってことじゃん。そうだ、俺、雑誌も見たよ」

熱々の唐揚げを口に入れながらそう言うと、聖が訝しげな顔をした。響太はふふふと笑ってみせる。

「篠山さんが見つけてくれたんだよ。なんか、お菓子の世界みたいな名前の雑誌」

「……ああ、『月刊製菓の世界』な。あんなの、よく見つけたな」

聖はちょっぴり嫌そうに眉をひそめて、自分も唐揚げを口に入れた。

「あの雑誌で質問されたときも答えたけど、ローランが声をかけてきたのは俺が響太の彼氏だからだろ。そんなんで注目されても仕方ない」

「でも、それだけだったら招待なんかされないと思う。行くよね、その講習」

すごいなあ、と響太は改めて思う。いつだって聖は響太の一歩前を進んでいて、それが当然のような顔をしている。今も、浮かれるでもなく淡々としていた。

「そうだな。伝統菓子のレシピが習えるから、いい機会だと思ってる。響太が一緒に行けそうなら参加したい」

「俺？　……行ってもいいの？」

それこそ足手まといではないだろうかと首を竦めると、聖は深く頷いた。

「当たり前だろ。俺はお前と十日間も別々に行動したくないぞ」

きっぱり言われて、響太は思わず赤くなった。

（別々に行動したくないって、心配だからってこと？　それとも、離れるのは嫌だって、聖も思ってくれてるのかな）

どっちだろう、と聖の顔を窺うと、聖は真顔のまま訊いた。

「四月、どうだ？　パソコンでできる仕事は持っていくとかすれば、十日あけられないか？」

「そうだね。今からなら、全然調整できると思う。……俺、邪魔じゃないかな」

「邪魔なわけないだろ。講習のあいだはたいして一緒には過ごせないけど、日本とフランスでばらばらよりはいいだろう？　おまえだけ残していくのは心配だし」

「……そ、だね」

心配されているのだとわかって、聖はすごいと浮かれていた気持ちが、ちょっとだけ沈んだ。聖が自分よりも前を行くことはちっとも嫌じゃないけれど、こうやって追いつけないままだと、聖の役に立ったり幸せにしてあげたりする日は来ないような気がする。

誕生日のお祝いだって、聖は響太の好きな食事を作ってくれるけれど、響太は手の込んだ料理なんて作れない。

ひとつ歳をとっても、中身が進歩しないなら、無駄に時間を過ごしているのと一緒だ。もたもたしている暇なんかないのに。

「俺も、もっと頑張らなくちゃ」

独りごち、勢いよくシチューを平らげる響太に、聖は気遣わしげな顔をしたものの、なにも言わなかった。

ごはんも唐揚げもサラダも食べ尽くしたところで、聖はケーキのロウソクに火をつけてくれた。

「今年もおめでとう、響太」

ぼうっ、と揺れる炎を見ると、いつもどこか敬虔《けいけん》な気持ちになる。誕生日は祝うものなのだ、と教えてくれたのも聖だ。両親はもちろん、祖母もそこまでは気が回らなかったのか、あるいは知らなかったのか、響太は肉親から誕生日を祝われたことはない。

丁寧に息を吹きかけて火を消すと、聖は鞄の中から包みを出して持ってきた。

「これ、プレゼント」

「ありがと！　なんだろ」

少し細長いかたちにおさまりそうなものが思いつかなくて、響太はパステルグリーンの包装をほどいた。中の箱を開けると、ごくシンプルな革《かわ》のベルトのついた、腕時計だった。

全然予想していなかったプレゼントを手にして、響太は何度もまばたきする。その頭を、聖はそっと撫でてくれた。

「最近、響太も外に出て打ち合わせすることとか増えただろ。そういうときに使ってもらおうと思って。俺とお揃い」

ほら、と差し出された聖の左手首には、同じデザインの一回り大きな時計がはまっていた。そちらも初めて見る、真新しいものだ。

「おまえの誕生日にかこつけたみたいで悪いけど、お揃いにしたくて」

「――聖。ありがとう」

とくん、と心臓がやわらかく跳ねた。聖が腕時計を手首につけてくれて、響太は慣れない重みにどきどきした。シックな文字盤の上を、黒い秒針が規則正しく回っている。腕を並べると、時計はぴったり同じ動きをしていた。

「時計とか初めて」

「似合ってるよ」

「ちょっと大人みたい？」

「うん。社会人ぽい」

くすりと笑って聖は顔を近づけた。あ、キスだ、と思ったら涙ぐみそうになって、響太は急いで目を閉じた。

キスは穏やかだった。ほかにどこも触れあわない、唇だけのつながり。

名残惜《なごり》しげに下唇を吸って、聖が囁いた。

「同じ腕時計してたら、一人で外にいるときも、一緒にいる感じがしそうだと思って。怪我して心配させたからさ」

「……うん」

聖が気にすることじゃないよと言うべきなのに、うまく声が出なかった。ただ頷いた響太にもう一度短いキスをして、聖はじっと見つめてくる。

「響太——おまえ、よく眠れてるか？」

探るような表情で訊かれ、どきりとした。眠れないものの、一睡もできないわけではなく、明け方頃には寝つく。聖が起きる時間には眠っているから、気づかれてはいないと思ったのだが——気づかれただろうか。

「眠れてるけど？」

極力なんでもないようにそう答えると、聖は眉をひそめた。

「あやしいな。やっぱり夢見が悪いんじゃないか？」

「……夢？」

「おまえ、明け方とかにうなされてるぞ」

ため息をつかれて、響太は「そう？」と首をかしげた。寝つきが悪いだけで、夢を見た記憶はない。

「全然、覚えてないけど」

「寝言言ってた。死なないで、って」

「し……」

咄嗟に取り繕《つくろ》えず、さっと表情をなくした響太を見つめ、聖はもう一度ため息をついた。

「俺のせいだよな。怪我したから」

「――」

「心配させて悪かった」

「謝らないでよ……聖のせいじゃないのに」

「でも、響太にも迷惑かけてるだろ。家事もだけど、エッチもできない」

最後だけ冗談めかした聖はするりと響太の頰を撫でて、響太は首を横に振った。

「そんなことしなくたって平気だよ。聖が大変なのに、エッチなことしたいとか、そんな気分にならない」

「ならないのか。残念だな」

「もう、冗談ばっかり――」

冗談ばっかり言って、と言おうとしたのに、睨んだ聖の顔は真剣だった。どきりとして口をつぐむと、もう一度頬を撫でた聖は、静かに唇を近づけてきた。

「ひ、じり……、ん……っ」

ふわりとキスされ、窺うように舌が触れてくる。ぶるりと震えて唇をひらけば、厚みのある舌が差し込まれて、いつのまにか落ちてしまったまぶたの裏で赤い光がちかちかした。

「ん……っ、ふ、……ぁ、……っ」

「せっかく毎日でもできそうになってたのに、俺のほうがつらいよ」

何度もついばみながら、聖は囁く。ひそめられた声に胸がざわついて、響太はため息をこぼした。うまく動かない手足を動かして、椅子からすべり落ちるようにして床に座り込む。そうして、固定具で大きくなった聖の足に触れた。

「ここ、まだ痛いもんね。ひじり、が……つらいなら、俺、舐めてもいいよ？」

見上げると、聖は一瞬息を呑《の》んだように見えた。怒ったような目で見下ろされて見つめ返すと、低い声が降ってくる。

「煽るような真似《まね》するなよ」

「だって」

「つらいって言ったのは、そういうつらいじゃない。――まあ、全然溜まらないわけじゃないけど」

仕方なさそうに言った聖は、響太の腕を摑んで立ち上がらせた。

「だいぶ治ってきたし、ギプス取れたらいっぱい甘やかしてやるから、もうちょっと我慢してくれ」

そう言われ、響太は腕時計の上から手首を握りしめた。カチ、カチ、と正確に時間を刻む、たゆむことなく時間が過ぎていくのをかたちにした機械。

(俺、ほんとになにもできてない。聖のために、なにひとつ)

「甘やかしてくれなくても、平気。子供じゃないもん」

「——響太」

「今は、頼りないかもしれないけど。俺、頑張って大人になって、聖に追いつくから」

「響太」

拗《す》ねたみたいになってしまった響太の声を遮《さえぎ》るように、聖が名前を呼んだ。時計を摑んだ響太の手ごと、手首をぎゅっと握られる。

「俺の負担にならないようにって考えてくれるのは嬉しいけど、大人になるのなんか、ちょっとずつでいいんだぞ」

「……よくないよ」

「焦るほうがよくないって。響太はきっと、ちっちゃい頃にできなかったこととか、感じなかったことを、やり直してるんだから。順番はめちゃくちゃだけど、一個ずつな」

こっちに来い、というように手を引かれ、こめかみに唇が当てられて、響太は諦めて聖の膝に乗った。抱き上げられてしまえば離れたくなくなって、甘えてしまいそうだから嫌だったのだが、聖に触れられると逆らえない。聖の胸にもたれかかると、彼は待っていたように抱きしめてきて、響太は目を閉じた。

「ちっちゃい頃にできなかったことって？」

「甘えるとか、寂しがるとか、わがまま言うのとか」

「……そんなの、やり直さなくても、ちゃんとやってたよ。聖に」

「うん。俺だけにな。それが嬉しいところが、俺のだめなところだなって思う」

頭の後ろから聞こえてくる聖の声は苦かった。ちかっ、と閉じた目の奥でまた赤い色が弾け、響太は目を開けて聖の顔を見た。どこか寂しげな表情だった。

（なんでだろ。聖ってときどき、俺にはよくわかんないことで、ちょっとつらそうにするよね）

響太は聖の背中に手を回した。抱きしめあうのはいつだってほっとする。

「聖はなにもだめじゃないよ」

聖もほっとしてくれてるといいけど、と思いながらそう言うと、聖はやっぱり寂しげに微笑した。

知ってるよ、と呟いて、響太の背中を撫でる。

「とにかく、絶対忘れるなよ。俺は響太が好きだから」

「忘れたことなんかないよ。——俺も聖が好き」

好きだからだよ、と心の中で言う。

好きだから、早く大人になりたい。聖を永遠になくしてしまう前に、一日でも早く大人になって聖を幸せにして、二人で少しでも長く幸せを味わいたい。

（そのためには、仕事だって頑張らなきゃ。今よりもっと。もっともっと）

響太からそっとキスすると、聖は黙って受けとめてくれたあと、低く優しい声で言った。

「ケーキ食べよう。今切り分ける」

「――うん」

響太の分は大きく、聖の分は小さく切り分けられたショートケーキは、口に入れるととろけそうにおいしかった。甘酸っぱい苺と濃厚な生クリーム、ふんわりしっとりなスポンジ生地。おいしい。おなかいっぱいごはんを食べたあとでも、一ホール丸ごと食べたいくらいおいしかった。

宝物のようにおいしくて、だからこそ弱音なんか吐けない、と思う。時間が限られているなら、弱音を吐く暇なんてない。


聖を一日でも早く幸せにしてあげるために、できることはなんでもやりたい。

そう思った響太は、篠山に紹介されて一度編集者に会ったものの、保留にしていた児童書の仕事を引き受けることにした。有名なレーベルだから、聖の家族が絵のことや本のことに詳しくなくても、響太がちゃんと仕事をしているんだとわかってもらえるはずだ。

さっそく打ち合わせをすませ、参考にともらったほかの児童書を読み、子供向けの絵本も資料用に買った。

一方で新垣の本の仕事も着々と進み、雑誌の連載分の原稿を読ませてもらい、ラフに取りかかる。展示会用の絵の最後の一枚の作業も残っていたから、三つ仕事が並行することになり、オーバーワークだなとちらりと思ったが、それくらいのほうが今はちょうどよかった。

聖のほうはフランスからの招待に正式に参加の返事を出して、そのかわりに転職するのは延期すると決めたらしかった。

懸命に仕事をするうちに、二度目のインタビューの日がやってきた。今回は新垣と一緒なので、多少気が楽だった。

いつもの出版社の会議室で新垣と並んで座り、初めて顔をあわせるインタビュアーと向かいあう。

彼はいくつか質問をしたあと、新垣に向かって訊いた。

「では、今回の作品のポイントを、新垣先生ご自身からお話しください」

「そうですね。実は、プロットの段階から内容が少し変わっています」

机の上で手を組んで、新垣は穏やかな口調で言い、ちらりと響太のほうを見た。

「プロットが通ったあとで、響先生の絵でどうか、と紹介してもらって、いくつか絵を拝見したんですね。それがなかなか、イマジネーションをかきたてられる絵だったものですから」

「そ、そうですか？」

つい口を挟むと、新垣はくすっと笑って頷いた。

「僕は小説よりも、映画や景色や、絵画といった、ほかの媒体《ばいたい》からヒントを得ることが多いんですけど。響先生の絵を見て、懐かしいなと思ったんですよね」

「懐かしい……っていう感想は、初めて聞きました」

「そうかなあ。きっと言わないだけで、懐かしさを感じる人はけっこういると思いますね」

首をかしげる新垣に、インタビュアーが「どのあたりでしょう」と質問を向ける。新垣は考えるそぶりもなくすぐに答えた。

「閉じた感じがするところですね。響先生の絵は非常に緻密《ちみつ》で、繊細《せんさい》で、完成された世界観を持っていて、こう、すごく静かじゃないですか」

「ええ、わかります」

「その感じがなんとなく見覚えあるというか、記憶にある感じがして、なんだろうなってしばらく考えたんですけど、子供のときの一人遊びの時間に似てるなあと思い出したんです。僕はブロックを使って一人で遊んだり、外に出ても公園の隅とか、祖父の家の庭の端で、生えている草を見ながら空想したりしているタイプだったので」

妄想癖《もうそうへき》があったんですよ、と新垣はおどけた調子で言い、響太のほうを見た。

「なんとなくですけど、響先生も一人遊びが得意だったんじゃないです？」

「……そう、ですね。得意というか、ほとんど一人で、絵描いてました」

「ああ、やっぱり。まあ、僕みたいなのは極端だと思いますけど、子供の頃って変哲《へんてつ》のないガラクタからでもいろんなことを考えたりするものじゃないですか。空想して、自分だけの世界があったりしますよね。竜を退治する英雄だったり、なんでも作れる科学者だったり。そういう空想の世界って、すごくきらきらして完璧なんだけど——誰も入れない、閉じた世界でもありますよね」

新垣の声はよどみなく、作家さんてすごいなあ、と響太は思う。響太の描いた絵から、そんなことまで考えてしまう人なんて初めてだ。

「子供の作った世界だからこそ、綺麗だけれど残酷でもあるなと思うんです。狭くて、小さい王国です。いつかは絶対失われてしまう、自分だけの世界。響先生の絵はね、それを思い出させてくれるなと感じました。僕は元来、人間の性とか不条理というものがものすごく気になって、一作目も二作目もそういう話を書きましたけど、僕が一番最初にでくわした不条理って、僕の作った世界のルールが現実世界では通用しない、ってことだったかもなと思って。僕の世界は敢《あ》えなく壊れましたけど、響先生の絵で思い出したってことは、まだ心のどこかに、あの綺麗な世界のかけらが残ってたのかもなあ、と思ったんですね。綺麗なものが壊れてしまう、否定される悲しさや不条理みたいなものを、もともとは今回の作品のテーマにしていたんですけれど、最後は『ちょっと残ったもの』を握りしめて前に進むぞ、的な感じになりました」

饒舌《じょうぜつ》にしめくくった新垣にインタビュアーは大きく頷き、「では響先生の絵からのヒントもあって、雑誌での連載にもつながったのでしょうか」とつなぐ。

「そうですね。雑誌のほうは単体でも読める話になりますが、世界観は一緒で——」

響太はなめらかに続いている新垣の声を聞きながら胸を押さえた。

自分の絵の感想を、こんなかたちで聞くことになるとは思わなかった。褒められたような気もするが、子供っぽい世界観だと批判されたような気もした。もしかしたら新垣先生にとっては好きなタイプの絵じゃないかも、と思うと、今さら動悸がしてくる。

聖の両親に認めてもらう前に、一緒に仕事をする人に満足してもらえなければ意味がない。

今日ちょうど仕上げて持ってきた、展示会用の最後の一枚も、気に入ってもらえないかもしれない。

一度悪いほうに傾いた考えはみるみるうちに響太の心を重く沈ませた。

インタビューはやがて終わり、道田と篠山がやってきて、「お疲れ様でした」と飲み物を差し出してくれる。篠山はてきぱきとした調子で切り出した。

「響先生、今日絵をお持ちいただいてるんですよね。せっかくですから、新垣先生にも見ていただきましょうよ」

「お、いいタイミングで仕上げてくださったんですね」

「いえ……ちょっと、遅れちゃって。展示会まで一か月切っちゃって、すみません」

小声で謝って、響太は意を決してケースを開けた。今見せなくても、どうせどこかでは必ず確認してもらわなければならないのだ。

カバーイラストと同じく大きなサイズで仕上げた一枚を、三人の前で広げる。物語のラストシーンをイメージしたもので、夜明けの絵だった。一番手前に、芽吹いたばかりの木が生えている。

「こんな感じになったんですけど」

そう言ってみたが、誰もなにも言わない。三人とも真剣な顔でじっと見ているだけで、響太はやっぱりだめだったのかも、と不安になった。

「えっと、あの、イメージ違いますか？　もしだめなら、描き直します、けど」

「とんでもない、だめじゃないですよ」

慌てたように否定した篠山が大きくため息をつく。

「すごくいいと思います。なんか、見るだけで胸が苦しくなりますね」

「でも、すごく希望に満ちてます。僕の書いたラストシーンより雄弁なくらいだ」

顎を押さえて新垣が唸るように言い、響太に向かって手を差し出してきた。

「悔しいですけど、嬉しいですよ。こんな素敵な絵を描いてもらえて、光栄です」

まっすぐ見つめてくる彼の表情はお世辞《せじ》を言っているようには見えず、響太はおずおずと手を握り返した。

「そんな……俺にしなければよかったって思われてないかなって、思ってました」

「なんでですか。好きだって言いましたよね、響先生の絵。とても綺麗で儚《はかな》くて——大切だったものを思い出させてくれます」

さっきのインタビューでも言いましたけど、と微苦笑され、響太は手を握られたまままばたきした。

「さっきの、子供っぽくて狭い世界観だってことかなって、思ってました」

「そんなふうに聞こえました？　後半でちゃんと、響先生の絵は訴えかけるものがある、大切なもの、大切にしていたものを思い出させてくれるって言ったじゃないですか僕」

「すみません、最後のほうは……そういえば聞いてなかったかも」

「ああ、ちょっとぼーっとされてましたよね響先生。寝不足ですか？」

「……いえ、すみません」

目元をこすって謝ったら、新垣は「冗談ですよ」と朗らかに笑った。顎に手を当てて、もう一度絵に見入る。

「でももったいないなあ。これ雑誌に載せるんですよね。本にも載せたかったけど……それだとモノクロになっちゃうしなあ」

「あ、じゃあ、やっぱりポストカード作りましょう！」

横で黙っていた道田がぐっと拳を握った。

「一度は企画通りませんでしたけど、新垣先生ももったいないっておっしゃってくださったし。ほしいって人が絶対出るのに、なにも用意しておかないのは来てくれたファンの方にも申し訳ないです」

「うーん、もう一回書店と打ち合わせてみましょうか。打診して、会議で通れば、納期的にはまだぎりぎり間にあうかな」

篠山が手帳を見ながら眉を寄せたが、最後には頷いた。

「わたしもポストカードほしくなっちゃいました。響先生、これからまたたくさんお仕事の依頼が来ますよ」

「そ、そうでしょうか」

「前からすごく素敵な絵でしたけど、キャッチーさが増したと思うんです。児童書でもきっと人気出るだろうなあ……悔しいけど。女性向け商品とのコラボとかもいいですね。わたしが企画したいくらい」

うきうきした調子で篠山が言い、響太を見て得意げに胸を張った。

「わたしの見る目は確かだった、ってことですね。響先生とお仕事できてよかったです」

「あ……」

そうだ。あとひと月もしないうちに、篠山とはもう一緒に仕事できなくなるのだと思い出し、じわっと心臓が痛んだ。

でも、別れが突然来ることも多いことを思えば、篠山はまだいいほうだ。

(篠山さん、また一緒に仕事できることもあるって言ってくれたし)

「こちらこそ、ありがとうございました」

心を込めて頭を下げた響太に、篠山は照れたように両手を振った。

「もう、やめてくださいよ。またぜひご一緒できるの楽しみにしてますから。それに本番はまだこれからですからね」

「はい」

頷いたら、にこにこと見守っていた新垣が「どうでしょう」と口をひらいた。

「正式な打ち上げはもちろん、展示会とサイン会のあとでしょうけど、響先生がよければ、今日このあとお食事でもいかがですか？　素敵な絵のお礼も兼ねて」

「えっと、あの」

新垣と話すのは楽しいから、こんなときでもなければ一緒に食事もいいなと思う。けれど、今日は予定がある。ちらっと篠山と道田を窺い、響太はまた頭を下げた。

「俺、帰って家事しなくちゃいけなくて。帰りに成原さんのとこにも寄るので」

「あら、家事って、伊旗さんどうかしたんですか？」

「足……この前事故で骨折しちゃって。たいしたことないって聖は言うんですけど、まだギプスが取れないんです。だから、買い物とかは俺がしてて。今日はたまたま、成原さんからも連絡もらってて、帰りに寄ってくれって言われたんです」

「ご家族が怪我してるんじゃ出かけられませんね。もしかしたら恋人かな」

せっかくの誘いを断ったのに、新垣は気分を害する様子もなく、にんまりして顎を撫でた。

「では、サイン会が終わるまで楽しみにしておきます。お大事になさってください」

「すみません。せっかく誘ってくださったのに」

「なに、まだこれからいくらでも機会はありますから」

「俺も、行けるの楽しみにしてます」

そう言って立ち上がり、新垣と道田に挨拶して会議室を出る。篠山はついてきてくれ、一緒にエレベーターに乗り込んだ。

慣れない腕時計を確認すると、午後四時前だった。目ざとく気づいた篠山が口をひらく。

「その時計、もしかして伊旗さんからのプレゼントですか？」

「はい、誕生日に。お揃いなんです」

「はあ、相変わらずの独占欲ですね伊旗さんは。……骨折、事故って言ってましたけど、ひどいんですか？」

「雨の日に自転車にぶつかられたみたいで、ひびが入ってるらしいです。治るのに一ヶ月くらいかかるって聞いてたんですけど、聖は立ち仕事だから、治りが遅いのかも」

「働いてると安静にするって難しいですもんね」

しみじみ言った篠山は、心配そうな表情のまま、じっと響太の顔を見つめた。

「新垣先生は冗談だって言ってましたけど、利府さん、やっぱり寝不足じゃありません？　目の下、クマができてますよ」

「――」

はっとして顔に手をやってから、篠山に隠しても仕方がないかと、響太は肩を落とした。うまく眠れない症状は続いていていて、一日の睡眠は三時間ほどしか取れないままだ。

「すみません」

「怒ってるんじゃないですよ。ちゃんとごはんは食べられてます？」

「それは食べてます。食事の支度だけはずっと聖がやってくれてるので」

「あんまり無理しないでくださいね。成原さんも心配しますよ」

「ありがとうございます。そういえば」

エレベーターがなめらかに一階に到着する。間をおいてひらいたドアを篠山が押さえてくれて、響太は降りながらちょっと笑った。

「成原さん、お父さんみたいな気分なんですって」

「え？」

「俺がいろいろ相談とかしたので、お父さんみたいな気持ちになっちゃったらしくて。篠山さんも、お姉ちゃんみたいって言ってましたよね」

「もしかして気にしてました？　嫌だったらごめんなさい」

唐突な話題に、篠山は困惑したように見つめてくる。違うんです、と響太は首を左右に振った。

「友達とか担当さんに、お父さんとかお姉ちゃんとか言われないように、俺もうちょっとしっかりしますね。担当外れたあとまで篠山さんに心配かけたら悪いし」

「……そういうのを気にしないで頼ってくださいね、っていう意味だったんですけど」

困った表情で篠山は微笑し、そっと響太の背中に触れた。

「とにかく、せめて今日は寝てくださいね。しっかりするにもまずは健康第一です」

「はい。ありがとうございました」

「引き続き、よろしくお願いします」

ビルの出口まで送ってくれた篠山に会釈《えしゃく》して別れ、混みあいはじめた電車に乗り込むと、窓からは夕焼けが見えた。

冬に差しかかるこの時期は日が落ちるのが早い。寒々しいオレンジ色に染まった夕空は悲しい気がするなと響太は思った。ほおずきや紅葉《もみじ》の赤や橙も、夕陽も、秋の暖色は終わっていく色だ。休む暇はないぞと、追い立てるような。

音をたてて走る電車は帰宅途中だろう人でいっぱいで、流されていくみたい、と響太は目を閉じた。夕焼けまでしんどく見えるなんて、かなり疲れているのだろう。頭の芯が重く痛むし、肩も首も凝り固まっている。不調は寝不足のせいだと思うが、気持ちが落ち着かないのが厄介だった。

(眠れてないせいかも)

緊張している感覚に近い。張りつめたまま気持ちがゆるまなくて、そのままずっと走り続けているような気分。聖と二人きりの、なんの心配もない家の中ではなく、なにがあるかわからない外の世界にいて、家はすごく遠いのだ。

思えば、すごく遠くまで来てしまった。以前なら、聖と二人きりで過ごした自宅の自分の部屋のことや、聖のノートの味、メモに書かれた文字や制服姿が、いつでも戻れるふるさとみたいだったのに、今はそれを記憶として思い出すしかない。遠い、どこか離れた島の、安らかな楽園みたいにきらきらした過去には、もう戻れない。

帰りたいな、と思った。あの頃にじゃなくていい、ただ、聖の腕の中に帰りたい。

わけもなくすうすうすると訴えて、抱きしめてもらいたい。

努力してもいつか失うなら、頑張らないで二人でぬくぬくしていられたらいいのに。

聖には言えない弱音を意識して振り払い、響太はこめかみと目頭《めがしら》をぎゅっと押した。せめて眠れるようになりたかった。

自宅の最寄り駅まで戻り、朝にもらったメモを見ながら買い物をして、成原の店に顔を出すと、すぐに気がついてくれた成原は、笑顔で出てきた。

「すみません、ちょっと待っていてもらえますか。今持ってきます」

「え、なにを？」

びっくりしてまばたきした響太に笑いかけて、成原はスタッフルームに引っ込んだ。次に出てきたときには私服姿で大きな紙袋を二つ提《さ》げていて、「外に出ましょうか」と店を閉めてしまう。

外はすでに暗く、あたたかな色合いの明かりのついた店の脇で、成原は袋の中身を見せてくれた。

「これ、知り合いの農家から送られてきた野菜なんですが、よかったらもらってください。聖さんなら料理に使って消費してくれるだろうと思って」

「わ、いいんですか、ありがとうございます！」

中を覗くとじゃがいもと玉ねぎとかぼちゃ、ナスが入っていた。おいしそう、と響太が目を輝かせると、成原は小さく苦笑した。

「素直に喜ばれると、嬉しいやら胸が痛むやらです」

「えっ？」

「毎年その農家さんから野菜が届いて、僕一人では持て余すのは事実なんですけどね。半分、口実ですから」

「口実って？」

袋を持ち直す成原の言葉の意味がよくわからなくて、響太はまばたきした。成原は意味深に微笑む。

「重いですから、家まで僕が持っていきますよ。聖さん公認のプチデートです」

「聖公認？」

「僕が響太さんを呼び出したのは、聖さんから頼まれたからなんですよ」

「聖が……成原さんに？」

聖は今でも成原をあまり好きではないのだと思っていた。よほどびっくりした顔をしたのか、成原は小さく苦笑した。

「僕も、聖さんから連絡をもらったときはちょっとびっくりしました。電話番号はお互いに知っていますけど、向こうからかかってきたことなんてありませんでしたからね」

言いながら成原は歩き出した。響太は急いで横に並び、ぺこりと頭を下げる。

「すみません。持ってもらっちゃって」

買い物した袋より、明らかに成原の持っている紙袋のほうが重そうだ。成原はなんなく肘を曲げて、その重そうな袋を高く上げてみせた。

「お菓子作りをはじめとして料理って意外と体力勝負なので、これでも力はあるんですよ」

「――たしかに」

聖も腕にはしっかり筋肉がついている。思い出してふと俯いた響太の横で、成原はのんびり言った。

「聖さんの言ってたとおり、たしかに寝不足みたいですねぇ」

「――そんなにひどい顔してます？」

聖ってばなにを話しているんだろう、と思いながら、響太は目元に触れた。朝鏡を見たときは、自分では気にならなかったのだけれど、篠山にも成原にも言われるくらいだから、当然聖も気がついただろう。つまり、聖に心配されてしまったということだ。成原に相談するくらい。

「夜よく眠れてないみたいだから、もしよかったらちょっと気分転換につきあってやってくれませんかって、聖さんに言われてしまいました。息子が二人に増えた気分でしたよ」

とぼけたような口調につられてちらっと目をやると、にこっと微笑まれ、響太は決まり悪く呟いた。

「今日、篠山さんにその話してきたとこでした。成原さんにお父さんの気分って言われちゃったって。全然、一人前の大人になれない。

すみません、迷惑かけて」

「謝ってほしくて言ったんじゃないですよ。僕は早くにゲイだと自覚したので、きっと父親になることはないだろうなと、ずっと思っていました。なるつもりもありませんでしたし。でも、響太さんと知りあってからは、父親も悪くないなあ、と思ったりしますよ。それに、微笑ましいなあと思ってるんです。響太さんも、聖さんも」

「聖、なにを言ったんですか？」

「細かい内容は秘密です。でも、響太さんのこと心配してましたよ。自分が無理するなと言っても聞かないし、あまり妨害するのも可哀想だから、悔しいですけど成原さんが愚痴とか聞いてやってくださいって。可愛らしいですよね」

揶揄《からか》うように笑った成原は、紙袋を持ち直す。銀色の街灯で長く伸びた影が、不思議なかたちにひずんだ。

「悪い夢を見るくらい、心配なことがありますか？」

静かな口調に、やっぱり、と響太は唇を噛む。聖が成原に相談するとしたら、そのことも伝えているだろうと思っていたのだ。

電車の中で見た、儚い夕焼けを思い出す。橙色の、終わっていく色。

「俺、きっとすごく弱虫なんです」

「弱虫？」

「いつか聖が死んじゃう、って思ったら、涙が出るくらい」

「いつか――ですか」

成原は困ったように繰り返して、響太は自嘲《じちょう》した。

「おかしいですよね。そんなこと考えたって仕方ないのに」

「仕方ない、と思っても、涙が出ますか？」

「仕方ないと思っても、うとうとするとはっと目が覚めちゃうんです」

笑ってみせてから、響太は急いでつけ加えた。

「聖には、言わないでくださいね？」

「僕は、響太さんがそれを直接、聖さんに言えばいいと思いますけどね」

成原はやんわり諭《さと》すように言い、響太は首を横に振った。

「言えないです。言ったって、聖も困るだけだもん」

「——まあ、誰しも、いつかは終わりが来ますからね」

成原は呆れている様子はなかった。響太と目があうと、ふんわり目を細める。

「懐かしいです。僕もずーっと昔、死ぬのが怖いなあ、って思って夜中に泣いたことありますよ」

「成原さんが？」

「小学生のときにね。僕の場合は自分自身のことでしたけど。そういう怖さは時間が経てば消える、とは言えないですけど、折り合いはつけられるようになりますから、大丈夫ですよ」

「我慢できるようになります？」

「我慢というか、受け入れられるようにはなりましたね」

話しているうちに、聖と暮らすマンションが見えてくる。部屋の前までは運びます、と言った成原は、響太を見て眩しげな顔をした。

「響太さんは、動物を飼ったことはないんでしたっけ」

「動物？　ないですけど」

なんでいきなりそんなことを訊くのだろう、と首をかしげると、成原は「そうでしたね」と頷く。

「僕は子供の頃家に犬がいたって話はしたことありましたよね。利口な犬でしたけど、甘ったれでね。幼児みたいなもので、飼い主や家族がほかのことをして、自分のほうに注目していないと、寂しがるんです」

「寂しがる？」

「テレビを見ていたり、宿題をやってたりすると、こう、ずぼっと腕のところから顔を出すんです。かまって、って」

エントランスを抜け、階段を上がりながら、成原は自分の腕のところを示してみせた。響太は大きな犬がそこから頭を出すのを想像してみた。

「……それ、邪魔じゃないですか？」

「口では邪魔だって、母なんかも言ってましたけどね。それくらい飼い主が好きなんですから、可愛いものです」

部屋のドアが見えてくる。成原はドアの前で紙袋を置き、改めて、というように響太を見つめた。

「無心に甘えられると可愛く思えて、人間って逆らえないんですよね。響太さんは子猫ちゃんみたいでうさぎさんみたいなんですから、寂しいときや不安なときは、遠慮しないで聖さんの腕にずぼっとすればいいと思いますよ」

そう言われて初めて、どうして彼が飼い犬の話なんかしたのかがわかって、響太は唇を曲げた。

「でも俺、犬じゃないです」

「聖さんにとっては、響太さんは犬の千倍くらい可愛いですから、同じです」

「――」

可愛い、という単語で予期しないほど強く胸が痛んで、響太は俯いて鍵を開けた。

「俺は、可愛いよりかっこいいほうがいいです」

「おや、可愛いって言われるのは嫌ですか？」

「嫌じゃないけど――でも、それだと聖を幸せにはしてあげられない気がするから」

ドアを開けると無人の暗い部屋が見えた。成原は一度置いた紙袋を持って、玄関の中に入れてくれてから、響太を振り返った。

「聖さんにとっては、なにが幸せなんでしょうね」

独り言のような声に、響太ははっとした。思ってもみない台詞だった。

(聖にとってはって……俺の考えてる幸せとは、違うってこと？)

聖のことならなんでもわかると思っていたのに、聖を幸せにしてあげるために大人になろうと努力するやり方が、間違っているんだろうか。

時間がないのだから、間違えるわけにはいかないのに。

黙ってしまった響太に成原は仕方なさそうに微笑して、頭に手を置いた。

「なんにせよ、頑張るのを一休みして、甘える時間を作ってみてもいいと思いますよ」

「……ありがとうございます」

お礼を言ってから、いつもこうだな、とせつなくなって、響太は自分からも手を伸ばした。迷って、成原の袖口をそっと握る。

「いっつも、ごめんなさい」

「どういたしまして。展示会、楽しみにしていますね」

摑んだ手を優しく撫でられるのは新鮮だった。いつのまにか、他人に触られるのもそんなに嫌じゃなくなったなと思う。成原が帰っていくのを見送って、部屋の電気をつけ、響太は長いため息をついた。

間違えてないはず、と自分に言い聞かせる。

もし響太の努力が間違えているなら、聖が言ってくれるはずだ。聖にだって「幸せにしてあげたい」とちゃんと伝えたし、聖が両親を安心させるために選んだ方法も、いわば仕事での成功だから、響太が展示会に向かって努力するのは間違ってない。

それに、聖に頼ってもらったり、甘えてもらったりするためには、もっと大人にならないといけないという考え方だって、おかしくはないはずだ。頼りないよりも、頼り甲斐があるほうがいいに決まっているのだから。

だぁいじょうぶ、と響太は呟いた。寝不足だって、人間なんとかなる。

せめて展示会とサイン会が終わるまでは、走り続けなければ。

◇　外の世界　――うすべに色――　◇

展示会の初日でありサイン会当日の十二月一日は、よく晴れたあまり寒くない天気だった。

白いシャツにネクタイを締め、カーディガンを羽織《はお》った格好で、用意された控え室から会場を覗いた響太は、思った以上に客の姿が多いのを見てびっくりした。

サイン会に人が来るのはわかる。新垣もいるからきっと賑やかだろうと思っていたけれど、響太の絵をわざわざ早くから見に来る人は、それほど多くないと思っていた。

「ど、どうしよう篠山さん。いっぱいいます」

焦って篠山を振り返ると、黒のかっちりしたスーツ姿の篠山が苦笑した。

「がらがらのほうが困るじゃないですか。お友達まだなら、少し座って休んでたほうがいいですよ」

「もうそろそろ来ると思うんですけど」

昨日日本に到着したローランは、都内のホテルに泊まり、お昼頃には会場に来ることになっていた。聖の家族もせっかくだからと初日に来てくれることになっている。

聖はといえば、朝から仕事に出るかわり早退して、こちらもお昼から合流してくれる予定だ。約束どおり弁当を作ってくれた聖は、「一時くらいまでに行くから」と言って、今朝もキスしてくれた。

あのときは全然緊張なんかしてなかったのに、と思いながらそわそわと歩き回る響太に、篠山はテーブルの前に置かれたスチール椅子を引いた。

「ほら、伊旗さんのお弁当、食べたらいいがですか？　少し落ち着くかも」

「おなかは、すいてないです。——変なの。緊張しないと思ってたんですけど」

慢性的な寝不足のせいか、胃の鈍い痛みはずっと続いていて、重苦しいのにはすっかり慣れてしまった。食べられないことはないが、あまり空腹にはならない。それよりつらいのは、肩こりや頭痛が抜けないことだった。緊張すると、余計に痛みが強く感じられる。

無意識に首筋を撫で、響太は椅子に腰を下ろした。篠山はお茶を淹れてくれる。

「大勢の人の前に出ると思うと緊張するのも当然ですよ。でも、皆さん、利府さんや新垣先生が好きで来てるんですから、いじめられたりはしませんからね」

「そうですよね……なんで、緊張するんだろ」

お守りを握って熱い日本茶を一口だけ飲み、ため息をつく。座っているのに、ゆるやかな目眩がした。

目頭を強く押さえてやりすごそうとすると、篠山がそっと言った。

「わたしが外でお友達が来ないか見ておきますから。よかったらあそこのソファーで横になっててください」

「すみません、そうします」

迷惑かけちゃってる、と思いながら、響太はソファーに移動して横になった。眠いというよりだるい。聖が来るまでにはなんとか元気になっておかなくてはならない。抱きしめてくれる聖の腕を思い出して寝返りを打って、ふと、気がついた。

(そういえば、ずっとエッチもしてないや……)

聖の足のひびはようやく治り、ギプスが取れてやっとすっきりしたと、聖もほっとした様子だった。治ったのに聖がなにもしないのは、響太が仕事をつめていたせいだろう。

一時期は聖の声や表情を思い出すだけでも勃起するくらいだったのに、今は全然そういう気持ちにならないのが不思議だった。こうやって聖の体温を思い描いても身体に変化が起きないのは楽でいいが、でも、ずっと抱きしめてもらえないのも寂しい。サイン会が終わったらしてくれるだろうか。

もう一度強く目頭を押したら、ノックの音がした。

「利府さん。ローランさんがお見えですよ。それから成原さんも来てました」

「わ、ほんとですか。ありがとうございます」

響太は急いで起き上がった。ちゃんとしなくちゃ、と思う。

慣れないネクタイを締め直し、控え室を出ると、すぐ前でローランが待ち構えていて、響太を見るなり大きく手を広げた。

「キョータ！　久しぶりだネ、会いたかった」

「わっ……」

がばっと抱擁《ほうよう》され、響太は目を白黒させてしまってから、相変わらずだなあ、と苦笑した。おずおずと彼の背中に手を回してみる。

「えっと、来てくれてありがとう」

「送ってくれた雑誌も本もすごく素敵だったから、楽しみにして来たよ。お祝いに花も持ってきた」

ぎゅっと力を込めてハグしたあとで、ローランはそばに控えていた男性の持っていた花束を受け取り、響太に差し出してくれる。

「はい。キョータに似合いそうなお花にしたよ」

「ありがとう」

ピンクの濃淡でまとめられた花束は、適度に混ざったグリーンと黄色が爽《さわ》やかな印象だった。両手で抱えなければならない大きさで、花束なんかもらったことがないから、受け取ったはいいがどうしたものかと戸惑ってしまう。

「控え室に置いておきましょうか。ローランさんと一緒に絵をご覧になってきたらいかがですか？」

横から篠山が助けるように手を差し出してくれ、響太はほっとして花束を渡した。

「キョータと見られるなんて贅沢《ぜいたく》だなあ」

上機嫌なローランは響太の肩に手を回してきて、それからふと思い出したようにあたりを見回した。

「そういえば、彼氏は？」

「昼まで仕事なんです。もうすぐ来ると思うけど……あ、成原さん」

自分も見回した響太は、カメラを手にした成原に気づいて声をあげた。じっと見守っていたらしい成原は、ローランと響太を等分に見比べて微笑む。

「おめでとうございます響太さん。そのネクタイ、とても似合ってますね。よかったらセシャン氏ともツーショット撮りますか？」

首から下げたカメラをかかげて見せた成原は、どういうわけかスタッフの腕章をつけている。響太の視線に気づいた成原は「篠山さんに融通《ゆうずう》してもらいました」と言った。

「響太さんの身内みたいなものだからと、編集部の公式カメラマンということになっています。だからどこでも撮り放題ですよ？」

カメラを構えて本当に撮ろうとする成原に、響太は両手を振った。

「俺の写真なんかいいですってば。それより、知ってるかもしれませんけど、この人がローランです。ローラン、こちらは、成原さんっていう、俺の友達」

「どうも。お噂はかねがね」

「初めまして」

そつなく挨拶する成原にローランもにこやかにこたえる。じゃあ三人で見ましょう、と展示スペースに足を踏み入れた響太は、ぎくりとしてとまってしまった。

大小の絵が飾られたゆるくカーブした壁面の前に、男女二人連れが並んで立っていた。すこしふっくらした女性の後ろ姿には見覚えがあった。

「響太さん？」

立ちどまった響太を、怪訝そうに成原が呼ぶ。それで気づいたらしく、二人連れが振り返った。

「響太くん」

「……おばさん」

来てくれると知っていたのに、心臓がどきどきした。見知らぬ大勢の人が見てくれるというのも緊張するけれど——今日は、彼女たちに自分の仕事を認めてもらえるかどうか、という日なのだ。

成原はなにか察したようで、ローランを促してそっと離れてくれる。

かわりに近づいてきた聖の母親は、響太の手を取った。

「聖から聞いていたんだけど、こんなに大きな展示会だと思わなかったから、びっくりしちゃった。すごいのね。お客さんもたくさん来てるし、午後はサイン会なんだものね」

「——サインは……新垣先生が、メインだから」

響太はまばたきして、おばさんが両手で握りしめた自分の左手を見つめた。手首には聖のくれた腕時計が、今日もはまっている。

「でも響太くんもサインするんでしょう。人気があるのね」

おばさんがそう言うと、横に並んだスーツ姿の聖の父親も、ぎこちなく微笑みかけてくれる。

「聖がずいぶん褒めていたが、理由がよくわかったよ。想像していた絵と違うからびっくりした」

「えっと、来ていただいて、ありがとうございます」

響太もどうにか笑みを浮かべた。おばさんはゆっくり首を横に振る。

「そんな堅苦しくしなくていいのよ。聖に言われたからじゃなくて、私も来たいと思って、楽しみにしてきたから」

響太を安心させたいというように、おばさんの声は朗らかだった。

「聖に聞いたんだけど、響太くんのご両親は、お見えにならないんでしょう？」

「……はい」

ちりっ、と胸が焦げるような痛みが走った。おばさんは同情する顔になって、響太の手を撫でる。

「せっかくの晴れ舞台なのに、残念よね。だったらせめて私たちがお祝いしてあげたいと思って」

「――俺は、べつに寂しくないです」

違う、と響太は思った。ほしいのは、そんな言葉ではなかった。

残念がったり憐れんだりしてほしいわけじゃなくて、ただ、安心してほしかったのだ。もう不安定な子供でも、厄介なお荷物でもないと。

硬い響太の表情に戸惑ったように、おばさんは曖昧な笑みを浮かべた。

「いいの。私たち、響太くんのこと嫌いじゃないのよ。とってもいい子だもの。うちの家族の心配をしてくれるのは、響太くんが寂しいからじゃないかなと思ったの。だから、もしよかったら、おばさんが連絡を取ってもいいのよ、あなたのお母さんと。お父さんにも会いたいなら、探してもらうことだってできるし」

「――どうして」

励ますような、幼子に言い聞かせるような口調だった。どうしてそんなことを言われるんだろう、と響太は悲しくなる。優しくしてもらえるのも気にかけてもらえるのも嬉しいけれど。

「響太くんのご家族には、きっと確執《かくしつ》もあるかもしれないけど、今ならお互い和解できるかもしれないじゃない？　そうしたら響太くんも寂しくないし、聖も安心すると思って」

「――」

「ずっと頭の隅では気になっていたの。響太くんがご両親とはうまくやっているのかしらって……今回は、ちょうどいい機会じゃない？」

噛んで含めるような口調はどこまでも優しい。響太が寂しくなくなったら聖と「恋人」でなくてもいいんじゃない、と言外《げんがい》に言われているように思えて、そう感じる自分が嫌になる。

子供扱いなんだ、と響太は思った。おばさんの中では、響太はちゃんとした一人前じゃなくて、親に捨てられた哀れな子供なのだ。

展示会には、絵を見にというより、この話をしようと思って来てくれたのだろう。

響太は、自分の仕事を見てほしかったけれど。

(認めてもらうって、難しいんだな)

「俺が、おばさんたちに、展示会に来てもらいたいと思ったのは、寂しいからじゃないです」

本当は、ごめんなさいと謝って、聖のことを返します、と言えばいいのかもしれなかった。でもそれはできない。それだけは、絶対にできないのだ。

「聖と俺のことで、嫌な気持ちになってるだろうなってわかってるから……せめて、おばさんたちの心配が一個でも減るといいなと思って。俺が昔と違って、前よりはちゃんとしてて、聖に迷惑かけているだけじゃないんだなって、思ってもらえたら、よかったんですけど」

「——迷惑だなんて」

困ったようにおばさんの手から力が抜けて、響太はぎゅっと拳を握りしめた。聖のくれた腕時計が、手首で存在を主張している。

「俺、まだまだ頑張ります。まだ全然、安心したり、仕方ないって思うレベルじゃないですよね」

そう思わないと立っていられなかった。頑張れば、きっと聖の家族だって安心してくれるはずだ。やり方が間違っているわけじゃなくて、努力が足りないだけ。

だってそうじゃないと——ほかに、方法なんてわからない。

微笑んでみせて、響太は胃の上に拳を当てた。奥で鈍い痛みが広がっている気がする。ぐっと押さえつけて、気まずそうな聖の両親の顔をまっすぐに見る。

「俺、寂しくないです」

「――響太くん」

「すごく幸せだなって思います。聖もいるし、友達もいて、お父さんみたいに心配してくれる人も、一緒に仕事してくれる人も、俺の絵が好きって言ってくれる人もいるから。もしかしたら、子供の頃は寂しかったのかもしれないけど、今はほんとに幸せなんです」

言いながら、そうだ幸せだ、と改めて気づく。欠けるもののない幸福の中に響太はいて、幸せすぎるからきっと怖い。

「だからもう、親のこととかはいいので。心配してくださって、ありがとうございました」

深く頭を下げると、おばさんはしばらく黙っていた。

悲しそうな顔をした彼女は、やがてため息をつく。

「いえ、そうね。寂しくないなら、よかったわ」

「――すみません。心配してくれたのは、すごく嬉しいです」

「記念にポストカード、買って帰るわね。ほんとにおめでとう」

気を取り直すようにおばさんはそう言うと、複雑な表情で聞いていた夫を促して、会場を出ていく。

響太は見送って、大きく息をついた。

知らず緊張していたらしく、こめかみのところがずきずきしている。

「お疲れ様でした」

背後から成原が声をかけてくれて、響太はよろめきそうな足を踏ん張って振り返った。

「すみません、外してもらっちゃって」

「いえいえ。聖さんのご両親ですよね」

「はい。……変なこと言っちゃったかも。嫌われてないといいけど」

せっかく同情しているのに恩知らずな、と思われただろうかと、今さら不安になる。成原は励ますように「大丈夫ですよ」と言ってくれた。

「少なくともお母さんのほうは、かなり響太さんのことを大事に思っているように見えましたから」

「だといいんですけど」

「ネ、俺にはよくわからなかったんだけど、彼氏の家族がわざわざ来るくらいだから、反対はされてないんでしょ？　なにか問題が？」

ローランが不思議そうに首をかしげて、響太はちょっと笑った。

「反対はされてないけど、賛成もされてないんだと思う。たぶん、俺が頼りないから」

「変なの。たしかにキョータはちょっと子供に見えるけどネ」

「仕事だけでもちゃんとしてたら、ちょっとは認めてくれないかなって思ってたんだけど」

ふう、とため息をつくと、ローランはぱちんと指を鳴らした。

「よくわかんないけど、仕事で成功すればいいんだったら、こうしない？　俺が来年か再来年に出す予定の店で、商品パッケージをキョータが描いてよ」

「えっ？　俺が、パッケージ？」

思いもよらない提案に響太は目を見ひらいた。ローランはあっさりと頷く。

「絶対有名になる店だから、ちょうどいいよ？　キョータの絵もあっというまに有名になって、キョータが誰とつきあおうが、誰も文句を言わなくなる」

いいアイディアでしょ、と得意げなローランを見ながら、響太はもう一度胃を押さえた。

ローランが冗談で言っているのか本気なのか、判断はつかないけれど、世界的に有名になったりしたら、認めてもらえるんだろうか。

展示会だけではだめなら、もうそういう方法しかないのかもしれない。

考え込んでしまうと、成原が懐疑的《かいぎてき》な声で唸った。

「それもいい案かもしれませんが、一度聖さんと相談したほうがいいと思いますよ。この場で即断するようなことじゃありませんから。――そういえば、聖さんは何時頃こちらに？」

「一時にはこっちに着くって」

痛いのか重いのかよくわかんないな、と胃をさすって答えると、自分の腕時計を見た成原が眉をひそめた。

「もう一時半すぎてますよ」

「え？」

瞬間、ぐらっ、と目眩がした。慌ててかぶりを振って追い払い、左手首に目をやると、時計の針は一時四十分を指していた。

走馬灯《そうまとう》のように雨の景色が脳裏をよぎる。走り去るタクシーのテールランプと、松葉杖の聖。ただいま、と言って開けたドアの感触。奇妙に静かな部屋の空気。うずくまるようにして倒れたおばあちゃんの姿。冷たさ。

(あ、やばい)

膝から力が抜けるのがわかって、響太は摑まるものを求めて手を伸ばした。久しく感じていなかった吐き気が込み上げてくる。だめだ。こんなところで醜態《しゅうたい》は晒《さら》せない。聖がいないと——。

「危ないって、響太」

膝が床に落ちた途端に、ぐっと腕を摑まれて、響太はまばたきした。

「おまえ、ちょっと自由にするとすぐ倒れそうになるな」

聖だった。

神がかったようなタイミングで助け起こした聖は、響太を立たせると「大丈夫か」と頰を撫でてくる。そのてのひらがあたたかくて、よかった死んでない、と思ったら気が遠くなった。

(だって聖、聖が死んじゃったらって考えたら、普通でなんかいられないよ)

ふらふらとまた倒れかかる響太に聖が慌てた顔をし、間近から覗き込んでくる。大丈夫、と伝えたくて口を開けたら、聖はぐっと眉根を寄せて険しい表情になった。

「震えてる。——すみません、控え室どこですか」

「こっちです」

どこか遠くから篠山の硬い声がする。ぐるりと視界が回転して、心配そうなローランや成原、見知らぬ客たちが取り囲んでいるのが、円を描くように流れて見えた。

「目、閉じてていいぞ」

顔の上から聖の声が聞こえ、響太はぐったり力を抜いた。膝の裏に聖の手を感じる。抱き上げられてるのだとわかったが、降ろして、とはとても言えなかった。

目を閉じてしまうと、いろんな声が入りまじって聞こえた。成原と聖がなにか会話して、ローランの声もして、篠山の声もする。ざわざわと大きくなったり小さくなったりする声を聞いているうちにそっとソファーに降ろされて、すうっ、と静かになった。

閉じたまぶたの上を、聖の指が撫でる。

「遅れて悪かった」

指だけでなく唇でも触れられて、響太はゆっくり目を開けた。目眩はもうしないのを確認して、まばたきする。

聖はちゃんとそこにいた。いつものように。

「聖――」

「俺がこないだ骨折なんかしたせいだよな。すっかりトラウマみたいにしちゃったな。怖かったか？」

手を握りしめられると、震えているのが自分でもわかった。ごめん、と謝った聖は、そっと響太の指に口づけてくれる。あたたかく、しっとりした唇だった。

指先へのキスだけで、少しずつ震えが治まっていく。控室の外のざわめきが遠く聞こえて、せまくて少しごちゃっとした部屋の中には二人きりだ。

聖がいる。ソファーの前にひざまずいて、響太に触れている。

「響太?」

黙ったままの響太を心配したらしく、聖が眉を寄せた。普段と変わらないその表情に胸が締めつけられ、よかった、と心から思った。

怖かった、と言うかわりに、響太は息を吐き出す。

「迷惑、かけて、ごめんね。聖のせいじゃないのに」

「――あのな、響太」

聖はおでこをくっつけるようにして、響太の目を覗き込んだ。

「迷惑なんかじゃないから、怖かったらこの前みたいに好きなだけ泣いていいんだぞ。死んじゃやだ、って、気がすむまで俺のこと責めればいい」

「責められないよ。聖が悪いわけじゃないんだから」

「でも、響太は怖いんだろ」

射抜くように、奥深くを見透かすように、聖の瞳が響太を見つめている。

「死なないで、って寝言言うくらい怖いんだろ。俺がちょっと遅れたら、倒れそうになるくらい」

「それは――」

反論しようとしてできなくて、響太は唇を噛んだ。聖は言い聞かせるように続ける。

「響太が、大人になって俺のこと幸せにしたい、って思ってくれるのは嬉しいし、響太がなにかしようって努力するときに、頑張らなくていいぞ、っては言いたくないんだ。それは俺が言ったらいけないと思うから」

「言ったらいけない、の？」

「だって、響太、ずっと変わろうとしなかっただろ。外から目を背けて、俺だけ見てた」

ふ、と寂しげに聖が微笑む。

「俺はそれが嬉しかったけど、でも、おまえが変わりたいって思って努力するのは、それくらいおまえが満ち足りてて、幸せだってことだからさ」

そうなのかな、と響太は思った。そうなのかもしれない。聖といるあいだ不幸せだったときなんてないけれど、恋人になって、今までよりももっと幸せになったからこそ、聖のことも幸せにしてあげたかった。

「俺が頑張るの、聖がちょっと嫌そうにしてるときあるなって、思ってたけど」

「成長されて俺がいなくても平気になったら寂しすぎると思って」

苦笑するように聖はそう言い、響太は慌てて首を横に振った。

「そんなわけないよ！　聖がいなくても平気とか、絶対ないもの」

「だよな。頭ではわかってるんだよ。だから、見守ってやろうと思ってた」

そこで一息ついた聖の目は、しんと静かで、まっすぐだった。

「――でも、おまえに無理されるとつらい」

声は静かだったけれど苦さが滲んでいて、響太は泣きたくなった。

「聖だって、無理することあるじゃん」

つらい、と言われるのがつらかった。聖を幸せにしたくて頑張ってきたのに、それが間違っていたんだ、と認めたくない。

「無理くらい、しなくちゃだめじゃん。時間なんてないんだから。聖だって、絶対いつかは死んじゃうんだから」

「死なない」

詰《なじ》るような響太の声を遮る強さで、聖はきっぱり言った。矢で射られたように胸の真ん中が痛み、響太は首を振りかけた。

「嘘だ、そんな――」

「響太が生きてるあいだは、死なないって約束する」

再び強い口調で言い切られ、響太は息をするのもまばたきするのも忘れて聖を見返した。

聖は真剣だった。

「ほかのことはうまくいかないことも失敗することもあるけど、響太との約束は破ったことないだろ。

おまえに関することだけは絶対できるようになってるんだ。だから、死なない約束も絶対守る」

揺るぎない声と表情に、遅れて胸の奥から痛みが湧《わ》いてくる。涙が出そうになって、響太は小さくかぶりを振った。

「そんなの、できないよ」

「できるよ。俺はきっと、響太に関してだけは、魔法使いなんだ」

「魔法使いでも、できないことあるじゃん」

知ってる、と響太は思う。いつだって聖は、響太を絶対に助けてくれる。でもそれでも、はいそうですかと受け入れるわけにはいかなかった。

「だいたい、それじゃ聖がつらいよね。聖だって、ひとりで残されたら寂しいじゃん」

「いいよ。響太が死んじゃったら、翌日くらいに俺も死ぬことになってる」

「——」

なにか言い返そうと半端《はんぱ》に開けた唇が震えた。なんで聖は、こんなに響太を甘やかすのがうまいんだろう。ほしい言葉をくれて、何度でも響太を救ってくれる。

たった一日でも、響太なら残されたらつらい。泣いて、泣いて、どうしようもなくなるまで泣いて、動けなくなるに違いない。

くしゃりと顔をゆがませてしまうと、聖は怒ったみたいにぶっきらぼうに言った。

「これでも安心できないか？　じゃあ、こうしよう」

「――？」

「万が一、絶対ないけど、俺がうっかり響太より先に死んだら、俺のこと嫌いになっていいぞ」

とっておきの切り札みたいに、聖は言った。

「追いかけてきて、聖の馬鹿、大嫌いって言っていい」

「――聖」

「俺が世界で一番つらいのは、おまえに嫌われることだから、そうならないように約束を守るよ。だから無理に急いだりしないでくれ。頑張るのはすごいことだと思うけど。疲れたら帰ってくればいいんだよ。俺のとこに」

「ただいま、って？」

「ただいま、って」

笑みまじりのどこまでも優しい声。ふふ、と笑って泣きたいような気分を振り払い、響太は首だけで振り返って言った。

「じゃあ、ただいま」

「――おかえり」

おかえり、と言われた瞬間に、心ごと胸が震えた。おかえり。そういえば祖母と暮らしはじめた頃も、舞い上がるくらい嬉しかった挨拶だ。一人じゃない、と実感できる挨拶。

「聖」

たまらなくて名前を呼んで、響太はまだ震える腕を聖の背中に回した。好きだと心から思う。先には絶対死なないなんて、他人が聞いたら笑うような、なんの保証もない言葉だけれど、聖が言うなら、響太にとっては呪文《じゅもん》と同じだ。魔法をかける、虹色の粉を振りまいてきらめく、魔法の言葉。

「俺、聖のこと信じてる」


サイン会中止にしますかと心配してくれた篠山に、平気ですと伝えてもう一度控え室の外に出ると、待ち構えていた成原とローランが駆け寄ってきた。

「響太さん、大丈夫ですか？　すみません、僕が不用意なことを言ったせいで」

「平気です。たぶん、寝不足だったせいもあるから。もう大丈夫です」

申し訳なさそうにしてくれる成原に明るく笑ってみせて、響太はローランを見上げた。

「さっきの、ローランのお店の話だけど」

「――うん」

「商品のパッケージなんて考えたことなかったから、そういうのもいいかもって思えて嬉しかった。俺の絵、気に入ってくれてありがとう。……でも」

でも、と言う前に、ローランはもう察した顔をしていた。穏やかな微笑を浮かべてちらりと聖を見る彼に、響太は続けた。

「でも、やるなら、俺、聖のお店で絵をつけたい。聖の作ったお菓子に」

「やっぱり、そう言われちゃうよネ。彼氏には勝てないか」

やれやれ、と言いたげに手を広げたローランは、そのまま響太を抱きしめた。

「仕方ないな。人のものには手を出せないものネ。万が一彼氏と喧嘩したら、俺が雇《やと》ってあげるから、いつでもフランスに来て？」

「言ってるそばから触らないでください」

聖は不機嫌な声を出すと、べりっとローランを引き剝《は》がす。ローランは余裕の表情で「ただの挨拶だろ、心が狭いなあ」と笑っていて、響太はほっとした。思ったより、仲がよさそうでよかった。

言い争う二人を横目に、成原が響太に微笑みかける。

「響太さんが休んでいるあいだに、絵を見てきました」

「わ、ありがとうございます。楽しめました？」

「ええ、とても。少し絵の雰囲気が変わったなと思いましたが、どれも素敵でした。響太さんの絵は——」

言いながら成原は絵の展示スペースのほうに目を向ける。控え室からは、最後に飾られたあの夜明けの絵が半分だけ見えた。

「たとえ誰かの作品にあわせて描かれたものであっても、ちゃんと響太さんの絵なんだな、と思いました。完成されてきっちりしているようだけど、そのときどきで、色や雰囲気が違うんですよね」

「……そういうの、自分ではあんまりよくわからないんです」

「自分ではわからないのかもしれませんね。きっと、響太さんの感じていることや、見たものや、そのときの気持ちが自然とこもってるんじゃないかな。どの絵も僕は好きですよ。特に新作は全体にカラフルで——見ていて、幸せになりました」

「ほんとですか？　よかった」

ぱっと嬉しくなって、響太は顔を輝かせた。

「感想でよく『寂しい』って言われたりするから、ちょっと気になってたんです。新垣先生の今回のお話は、最後が前向きな話だから」

「買ったばかりで読めてないですけど、読むのも楽しみになりましたよ。僕だけじゃなくて、きっと会場に来たお客さんはみんな同じ気持ちになるんじゃないかな。ほら、聞こえますか？」

成原が唇に指を当てて、響太は口を閉じて耳を傾けた。パーテーションの向こう側、絵の飾られたスペースからは、ざわめきが聞こえてくる。すごーい、という声や、可愛いね、という声。楽しげな小さな笑い声、何度も行ったり来たりする足音。

「みんな、熱心に絵を見てるってわかるでしょう？　響太さんの絵には、人の気持ちを動かす力があるんですね」

「……そうだったら、嬉しいです」

鼻の奥がつんとして、響太は急いで微笑んだ。

聖の両親も、少しはなにかを思ってくれただろうか。息子の恋人になってしまった近所の哀れな子供の絵を、仕方なく見るのではなくて、どれか一枚でも、見ることで穏やかな気持ちになったり、綺麗だと思ったりしてくれるといい。

今はまだ受け入れてもらえなくても。

(聖が死なないなら、焦らなくてもいいもんね。また、これから頑張ろう)

同じ「頑張ろう」と思うのでも、今まで苦しく思っていたのとは少し違う。もうちょっと大きくて、遠くまで、すっきり晴れたような感じだった。

せめて自分が聖を甘やかす計画くらいは、帰ったら実行したいなあと思って振り返ると、ローランと聖はいつのまにか黙って、こちらの会話を聞いていたようだった。

「聖さんはまだ絵を見てないでしょう？　響太さんと見てきたらいかがですか」

くすくす笑って成原が言い、聖はむっつりした顔のまま頷いた。

「そうします。響太、身体大丈夫そうか？」

「うん、全然平気」

するりと聖の手が腰に回って、すぐに離れていく。またあとで、というように手を振ってくれたローランと成原に手を振り返して、響太は聖と並んで展示スペースに入った。

自由に出入りできるスペースには、さっきよりも人が増えている。熱心に顔を近づけたり少し離れたりして見ている人たちを実際に見ると、またじんわりとした嬉しさが込み上げた。

「こうやって響太の絵をまとめて見るのって初めてだな」

「うん。俺も変な感じ」

離れて眺めると、たしかに自分の作品なのだが、描いたときとは全然違って見える。聖はひとつひとつをじっくり見ながら、独り言のように言った。

「綺麗だな、と思うよ。成原さんが言ってたみたいに、響太のいろんな成分が濃縮されてるみたいで――大勢の人が見てくれるのもわかる」

「そう、かなぁ」

「響太がここにいるぞ、っていう、証に見える。――綺麗だよ」

胸がどきどきした。聖の褒め言葉はいつもほかとは違って聞こえる。綺麗、の意味が違うみたいに、特別な響きがある。綺麗だよ、と繰り返された声が心に染み通って、桃色の波紋《はもん》が広がった。

(違う。桃色より、もうちょっと濃い色だ)

淡い色の薔薇《ばら》が花ひらくような、薄紅色の幸福感だった。

自分の絵を見て、こんな満たされた気持ちになるのは初めてだ。

壁に沿って歩いていくと、雑誌に描いてきた絵の先に、今回の新垣の本にあわせた絵が並ぶ。カバーのイラストに、様々な色の星がきらめく夜のイラスト。改めて見ると、フランスで花火を見なかったら、こんな描き方はしなかっただろうな、と思えた。夜明けの絵に芽吹いた木の芽は聖の色だ。

今までは、描き上がった絵は、自分のものだけれど自分のものじゃないような、切り離されてしまったもののように思っていたけれど、少しはつながっているのかもしれない。たとえばローランのアグレッシブな考え方、新垣の冷静な観察眼。成原の優しさや、篠山の頼もしさ。聖の深くて大きな、包み込んでくれる感じ。溢れていく愛しい気持ち。

もしかしたら、幼い頃に一人ですごした夜の空気も、おばあちゃんのお葬式の雰囲気も、出て行った日の母の声さえ、細かな破片になって絵に紛れているのかもしれない。響太の、生きてきたすべての瞬間が、積み重なってまじりあって、色をとおして外に出ていく。悲しいことも嬉しいことも、誰かの気持ちを揺さぶるために。

「描くときは意識しなかったとしても、いろんなことが影響してかたちになるのかもね」

ぽつんと言ったら、聖も頷いた。

「そうだな。きっと俺が作るケーキにも、響太のことが影響してるよ」

「……なんか、くすぐったい」

だったら、フランスで聖が一人で作業していたときも、響太のなにかが聖の無意識の中にあったことになる。それは、すごく嬉しくて、不思議な気持ちだった。

照れて俯いて、響太はそっと聖に寄り添った。できるなら抱きついてキスしたいくらいだった。

「成原さんにも絵が好きって言われて、すごく嬉しかった」

「俺は、最初に褒めたのがあの人だっていうのが悔しいけどな」

ぼそっと言った聖の手が、抱きしめたいというように背中に触れてくる。響太は自然と、その手を握った。

「一番最初に褒めてくれたのは聖だよ。聖がいなかったら、絵、描き続けてなかったと思う」

「――そうか」

「緑が好きなのも聖のせいだし、たくさん仕事しようって思うのも聖がいるからだし。今度はこんな色を使おうって思ったり、自然にアイディアが湧いたりするのも、聖と一緒にいろんなものを見てるからだよね」

変わっていくのも、きっと悪くない。後戻りはできなくても、遠くなっても、自分の中で積み重なって残って、かたちを変えて発露していくなら――ちょっとずつ死んでいくのと同時に、ちょっとずつ生まれているのだろう。

「聖と、一緒だから」

「そうだな」

聖がきゅっと目を細めた。愛しい、と雄弁に語る瞳に見下ろされて、キスするかわりに指を絡める。

「だから、聖の料理が俺には一番なみたいに、俺の絵が聖の一番だったらいいなって、今、思ってる」

「一番に決まってるだろ」

寄り添って絵を見上げ、聖は二人にしか聞こえない声でつけ加えた。

「響太から、俺にあてたラブレターみたいに見える」

その言葉を聞いたら、ぼうっと身体が熱くなった。恥ずかしさと喜びが入りまじって、きっと耳まで薄紅色だろうなと思う。手もつないでいるし、恋人同士だと気がつく人もいるだろう。それで眉をひそめる人もいるかもしれないが、もうかまわなかった。

生まれてきてよかった。聖を好きになれて、よかった。


二時半すぎには新垣も到着し、サイン会は予定通りの時間に始まった。

絵を背後にするかたちで長机に新垣と並んでついた響太は、わくわくした表情で並んでくれているお客さんを見たら自分まで嬉しくなった。みんな手に新垣の本を持っている。

新垣はさすがに手慣れた様子だった。緊張した表情の最初の女性に微笑みかけて、「ありがとうございます」と丁寧な声で告げる。彼女が握手をお願いするのにも快く応じていて、なるほどサイン会ってこんな感じなんだなあ、と響太は思った。

新垣がサインしたあと、彼女は順番に従って響太の前に来て、まだ緊張した顔ながらもにこっとしてくれた。

「あの、初めて絵を見たんですけど、とっても素敵でした」

「わ、嬉しいです。ありがとうございます」

ちゃんと褒めてくれるんだなと感激しながらサインを入れたら、すっと手が差し出される。

「響先生にも握手してもらっていいですか？」

「……はい。もちろん」

びっくりしたけれど、嫌ではなかった。響太よりもたおやかな女性らしい手をそっと握ってお礼を言うと、彼女も何回もお礼を言ってくれて、すごくいいことをした気分になった。

そのあいだも、隣では次のお客さんが新垣にサインしてもらっている。彼女はプレゼントを持ってきていて、響太にも「こっちは響先生に」と渡してくれた。

「色違いで、新垣先生とお揃いなんです。響先生の絵、雑誌で見て、こんな感じかなって。イメージよりふわってした方でびっくりしました」

「え……っと、ありがとう、ございます」

元気のいい女性の雰囲気に響太がどぎまぎしてしまうと、新垣が助け舟を出してくれる。

「アイドルみたいな顔だよねえ。どうかな、僕とユニット組めそう？」

ポーズまで取る新垣にお客さんはきゃあきゃあ喜んでくれて、満足して会場をあとにしてくれたようだった。

話し上手な新垣が隣にいてくれるのは心強い。それに、振り返るわけにもいかないから見えないけれど、控え室のそばでは聖が見守っていてくれるはずだった。

続けて三人目、四人目、とサインしていき、新垣が応対しているあいだに机に置かれたペットボトルに手を伸ばす。意外としゃべるので、口の中が乾いた。

半ば無意識にキャップを開けて口をつけてから、目の前に来たお客さんにサインを入れ終えると、後ろから「先生」とひそめた篠山の声がした。振り返ると、篠山が心配そうな顔をしている。

「お守りあります？　お水、大丈夫でした？」

「あ――」

そういえば、と気がついて、響太はペットボトルを見た。お守りは習慣でポケットに入れてあるけれど、いつもみたいに握りしめたり、大丈夫と言い聞かせたりしないまま飲んでしまった。でも。

「平気みたいです」

こそっと小声で返して、響太は聖を探した。パーテーションの陰の目立たないところで、聖はちゃんと響太のほうを見ている。目があうとかすかに笑ったように見えて、響太は小さく手を振った。

たぶん、もうおまじないがなくても大丈夫なのだ。聖のいない場所で出来合いのものを食べても、具合が悪くなることはないだろう。だって、もう怖くない。

これまでは、心のどこか、意識しない深層で、生きていくのが嫌だったのかもしれないと響太は思う。あるいは、生まれてこなければよかったと、無意識に感じていたのかもしれない。

でも、今は違う。生まれてきてよかったと思うし、生きていくことも怖くない。ほんのわずかな寂しさも残されていなくて、胸の中には箱の代わりにぬくもりがある。

（聖は、ずっといるから平気）

そう思いながら、響太は自分の前に来てくれた、見るからにどきどきしている様子の女性に笑いかけた。

◇　庭の中　――みどり色――　◇

湯船の中で、後ろに陣取った聖に首筋を揉みほぐされて、響太は長いため息をついた。心地よさと安堵と満足と、ちょっとの自己嫌悪のため息だ。

「今度、おばさんに会ったら謝らなきゃ」

「うちの親に？　なんで」

「俺のこと心配してくれたのに、ちょっとひどいこと言っちゃったから」

「――あっちがひどいこと、言ったんじゃないのか？」

揉む手をとめて、聖は剣呑《けんのん》な声を出す。違うよ、と呟いて、響太は手でお湯を揺らした。広がる小さな波の表面が、明かりを反射して綺麗だった。気分は静かな緑色で、落ち着いていて、心地よい。

「俺が寂しいんじゃないかって心配してくれたんだ。でも、俺は寂しくないですって言った。聖がいたら、ほんとに寂しくないから。友達にだって恵まれてるもの。でも……俺からも恋人宣言したみたいになっちゃった気がするから、おばさん、傷ついたかも」

「そんなに気にしてないと思うぞ。響太が俺の恋人なのは事実なんだから、寂しくないってことくらい言っても当然だ」

聖はマッサージを再開した。凝った首の付け根をぐっと刺激され、気持ちよさに「ふぁ……」と声が出る。

「そこ、すごく気持ちいい……」

「凝りすぎだぞ。具合悪くなるまで頑張るからだ」

「具合悪くないってば。ちょっと眠いだけ」

「寝不足は体調不良に含まれるんだぞ」

「たぶん、もう平気だよ……聖が、いつか死んじゃうかもって思って、心配で眠れなかっただけだから……」

指圧《しあつ》されて身体が揺れるのが眠気を誘う。手をとめかけた聖は、大きなてのひらでうなじを包み込んでくる。

「今はまだ寝るなよ。風呂で寝られると危ない」

甘やかす声だった。寝ないよ、と返事して、響太は目を閉じてしまわないようまばたきする。聖の長い脚が自分の両脇にあって、すらりとした脛《すね》とギプスの取れた左足が見えた。

「今日からはちゃんと寝て、また頑張らないと」

半分上の空で呟きながら、しげしげと左足を見てしまう。足の指のかたちが自分と違っていて面白かった。こんなにちゃんと観察したのは初めてかも、と思っていると、聖はてのひらをすべらせて、二の腕も揉んでくれた。

「んっ……腕、も、けっこう痛い……」

「痛かったか？　ちょっと弱めにするな」

さらさらと肌をさすった聖はしばらく黙り、それから言いにくそうに切り出した。

「その、頑張るのだけどさ。せめて、疲れが取れるまでは休めば？」

「休む？」

聖は響太の腕を取って、肘から手にかけて撫でた。痛くない強さで手を握りしめられる。

「甘えていいよ、ってこと」

響太は唇を尖らせた。

「そういうの、不公平だよ。俺、聖のこと甘やかしてあげようって決めたんだもん」

そう言ったら、聖の声が不思議そうに跳ねた。

「甘やかす？」

「そう。いつも聖が甘やかしてくれるから。聖、俺には愚痴とか言わないし、ずーっと俺のこと甘やかしてばっかりだったから、これからは俺が甘やかしてあげられるように、頑張って大人になろうと思ってるんだよ」

「甘やかす、か……」

聖は独り言のように言って、ゆっくり響太の背中に触れた。揉むというより撫でるようなタッチに、響太はうっとりした。

「んん……背中、も、きもちい……」

「それならまあ、無理しなくてもできるかな」

「え？　なにが？」

「たしかに、響太に甘やかしてもらったら、すごく幸せそうな気がする」

ごく真面目な口調で言った聖は、響太を急に抱き寄せた。腹のあたりで腕を組まれて、寄りかかる態勢に導かれ、響太はまた抱っこなんかして、と仰ぐように聖を見た。

「だからさ、こういうの。逆じゃない？　俺が聖を抱っこしてあげようと思ってたんだよ」

「それはそれでロマンがありそうだけど、これでいいんだよ。もっとべたっともたれかかれよ」

「そ、それじゃ今までと一緒じゃん」

「一緒だけど、俺は響太に甘えてもらえるのが一番幸せなんだ」

聖は甘えるように響太の髪に鼻先を埋めてくる。

「響太が抱っこして、とか、おなかすいた、とか、キスして、とかおねだりしてくれたら一瞬で疲れがふっとぶくらい幸せだ」

「……それ、なんか、俺の考えてたのと違うよ……」

「違ってても仕方ないだろ、本当なんだから。響太が俺のこと甘やかしたいなら可愛くおねだりしてくれればいいし、幸せにしたいなら毎日思う存分甘えてくれ」

低い声と一緒に息が肌に触れてくすぐったい。ぶるっ、と震えてしまって、響太は聖の腕に手をかけた。

「でも、それやったら、俺、だめになっちゃうよ……」

「だめ？」

「ただでさえ、もうなんにもしないで聖とくっついて寝たいなとか、ずーっと離れないで抱っこしてほしいなとか、思うのに。聖のためだって言い訳したら、際限、なくなっちゃう」

「際限なくなってもいいぞ」

「よくないよ……自堕落《じだらく》だよ」

もぞもぞと身体を動かしながら、響太はひっそりため息をついた。聖のものが腰の後ろに当たっている。今日はきっとなにもしないで寝ろと言われるのがわかっているのに、くっつかれるとおかしな気分になりそうだった。

(ずっと、こういうのなかったのに……どうしよ、熱くなっちゃう)

さりげなく離れようと前のめりになったら、くすっと聖が笑った。

「家の中でくらい、自堕落でもかまわないだろ。俺は一回、とことんまで甘えてほしい」

「とことんって、できないよ」

「なんで。言えよ。抱っこしてとか、ぎゅってしてとか――明日はどこにも行かないで、とか」

ぴりっ、と胸が震えた。

覚えのある台詞は、聖が眠っているときに口にしたはずだ。

驚きを隠せない響太の顔を見て、聖は唇の端だけで自嘲するように笑った。

「不安にさせたんだな、って思って、聞いてるのがつらかった。——ごめんな」

「お、起きてたの？」

「あのときは、たまたま。おまえが寝不足そうな顔してたから、気になって寝たふりしてた」

聖の唇が頭のてっぺんに押し当てられて、響太は俯いた。

あんなわがまま、独り言じゃないと言えない。

「本当は」

聖は抱きしめる腕に力を込めて囁く。

「俺も、響太を閉じ込めておけたらいいのに、って思ったりする。誰にも見せたくないから。独占して、くっついて、一秒も離れたくない」

低い声は真剣な響きを帯びていて、喉に塊がつかえたみたいに苦しくなった。自分だけじゃないんだ、と思うと嬉しいのか悲しいのかわからない昂《たかぶ》りが襲ってくる。

「聖、も、そんなこと、思うんだ？」

「引かれると思って言わないけど、だいたいいつも思ってるよ」

ふわっとまたキスして、聖はいっそう声を低めた。

「だから甘えてもらえないと悲しいし、幸せじゃない。響太がいないと、なんにも、意味がなくなるんだ」

すうっと氷が溶けるように、手足から力が抜けた。身体の芯からゆるんで、ほっとして、続けてきゅんと心臓が熱くなる。

「俺だけ、変なのかと思った」

「誰だって、そう思うことはきっとあるよ。なにもしたくないくらい疲れたときとか、傷ついたときとか、悲しいときにまで頑張るのは難しいから。そういうときにくっついて、黙ったままでもずっと一緒にいられるのが、恋人のいいところじゃないかな」

耳のすぐそばで聞こえる聖の声が慰撫《いぶ》するように包み込む。そうだね、とこたえて、響太はほうっとため息をつくと、顎を上げて伸び上がるように聖の唇にキスした。

「恋人だから、キス」

「……この、可愛いやつめ」

めらっと目を燃えさせた聖は、すぐに唇を重ね返してくる。無理な体勢のキスに身体をよじろうとして、響太はびくんとした。

「え？　ちょ、あっ……ん、んっ！」

抱きしめていた聖の手が股間に伸び、すっぽり性器を包み込んでくる。キスを振りほどいて、響太は聖の腕を摑んだ。

「だ、だめ、勃《た》っちゃ、う……」

「勃たせて出させるために触ってるんだ」

まだやわらかい幹《みき》は、聖の手に包まれて親指でこすられると、むず痒《がゆ》いような快感が走って硬くなりはじめる。数か月ぶりの感覚に、うなじまで痺れたように感じた。

「聖っ……あっ、ほんと、……すぐ、いっちゃ、から……」

「達っていいよ。今日はあとはなにもしないから」

ぱくりと耳をくわえて聖が囁く。

「眠いだろ。気持ちよくなって、達っちゃったら風呂上がって、あとは寝ていい」

「そんなっ……ん、ぅ、やだ、よ……っ」

根元のほうを締めつけられるのも、ささやかなくびれをいじられるのも、腰がびくびくするほど気持ちいい。動くたびに尻が聖のものに当たって、そちらも硬くなりかけているのがわかると、胸が絞られるようにときめいた。

(聖も、したいんだ……俺と)

「……聖、するなら、ちゃんとがいいよ」

扱くのをやめてくれない聖の手に指を食い込ませて、響太は聖を見つめた。

「俺だけは、やだ。聖と一緒がいい」

「——」

「こ、ここでしたらきっと立てなくなっちゃうから、ベッドがいいし」

「……そういうことするとほんとに襲っちゃいそうだから言うな」

ぐぐっと眉を寄せて、聖は手を離した。

「おまえ、昼間あんなにふらふらしてたんだから、無理させたくない」

「平気だってば。あれは聖が死んじゃったらどうしようって思ったのが一番の原因だし、それに」

死んじゃったら、と口にしたらぞくりと寒気がして、響太は急いで向きを変え、聖にしがみついた。甘えてる、と思うけれど——聖がいいと言ってくれたから、少しだけ、今日くらいは許してもらおうと思う。

「それに、時間が永遠にあるわけじゃないなら、エッチもちゃんと、しといたほうがいいよね。恋人同士になってから三か月くらい、聖、我慢してくれたんだし」

「——ちょっと待て。我慢してたって、思ってたのか？　四月五月あたりに？」

不審そうな声を出して、聖が響太の顔を覗き込んでくる。響太はあれ？　と首をかしげた。

「え？　だって、エッチも毎日がよさそうだったのに毎日じゃなかったし、出かけるときは一緒だったし、俺のこといっぱい甘やかしてくれて……あ、れ？」

指を折って言ううちに、混乱してきた。

さっき、聖は甘やかすのが一番幸せだと、言っていたのではなかったか。

「あのな。だからそれ、俺がやりたくてやってたんだって」

呆れたように、聖はため息まじりに言った。

「心底幸せだったぞ？　いっぱいいいちゃいちゃできて、響太が幸せそうにのほほんとしてて、エッチもできて」

「そ、そうだったの？」

「かわりに、おまえが頑張るって言い出してからと、俺が怪我してからは、我慢のし通しだったから、今わりと理性がやばい」

真顔のままそんなことを言われて、かあっと頭に血が上った。のぼせそう、と思いながら、響太は聖の肩に手を置いた。

「じゃあ……今日は、三回して」

「響太」

「明日も、三回でいいよ」

ちゅ、と聖の唇にキスして、予定と全然違う台詞を絞り出す。

「――俺のこと、甘やかして？」


とろっ、と舌が足の指のあいだに入り込み、つま先が勝手に丸まった。そのますっぽりと足指全部が口の中に含まれて、足なんかを舐められる背徳感とあたたかい快感に息が乱れる。

「ひじりぃ……そ、れ、やだ、よぉ……っ」

「俺は『やだ』じゃなくて、『もっと舐めて』って言われたいぞ?」

揶揄うような指使いでふくらはぎから膝裏までを愛撫しながら、聖は上目遣いで笑った。めったにない角度で色っぽい視線を向けられ、響太はひくりと喉を鳴らした。

こんなときまでかっこいいなんてずるいと思う。

それに反してふにゃふにゃに口元をゆがませている自分は、ベッドに移動して太ももからつま先まで撫でられただけで、反り返るほど勃起していた。隠したいくらいなのに、聖が「見たい」と言ったから、手で覆うこともできずにいる。その自分の性器を見てから、響太は震える声で言った。

「も、っと、舐めて」

「どこ舐められたい?」

「……できれば、足じゃ、ないとこ」

「じゃ、あと一回でやめる」

言うなり聖はまた足に舌を這わせた。持ち上げられた足の裏の、やわらかい土踏まずのあたりを舐められて、響太はびくんと震えた。

「あ、あっ……く、すぐ、った……あっ」

「膝もうまそう。ピンク色になってて」

掬《すく》い上げるように、ふくらはぎから膝裏まで撫でられる。痩《や》せて尖った膝頭にぴったりと聖の唇が吸いついて、響太は顔を覆った。

「や、だっ……へん、に、あっ、へんになり、そ……っ」

気持ちよくてたまらなかった。触られたのは下半身だけなのに、うっすら汗ばむほど全身が上気していて、すぐにでも達ってしまいたい。

「ね、で、ちゃう、から、もうっ……聖も……っ」

達したらぐったりしてしまうのはわかっていた。三回、ちゃんと頑張るつもりだけれど、そんなに一度にしたことはないから、できるだけ体力は温存したい。だから聖も同時に気持ちよくなれるよう、早く挿入してほしいのに、聖は「まだいい」と言い放つ。

「それより、顔隠すなよ。ほら、手どけろ」

「……っ、ん、……」

何度も見られているはずなのに恥ずかしい。それでも逆らえなくて顔から手をどけると、聖は満足そうに微笑んだ。

「真っ赤になっちゃって、可愛いぞ。その顔で可愛くおねだりしてくれ。膝も気持ちいい？　裏側と表と、どっちが好き？」

「あっ……あ、どっち、も、だ……っ、あッ」

どっちもだめ、と言いたかったのに、ちゅっと吸われると声があまく弾んだ。

「どっちもか。可愛いぞ」

嬉しげな声を出した聖は、膝を舐めながら膝裏から太ももを何度も撫でた。

くすぐったさと紙一重《ひとえ》の快感に、下腹部がきゅんとした痛みで満たされる。脚しか触られていないのに、性器は濡れた感触がした。

「響太の先走り、ぷくっと出るとこ可愛い」

「うっ……み、みないでよっ……あ、あぁっ」

「見て、って言ってみて。出ちゃうとこ見て、って」

響太の太ももを左右に押しひらき、性器もその奥も剝《む》き出しにさせながら、聖はそんなことをねだる。響太は弱々しくかぶりを振った。

「で、きな……言え、ないよっ……」

「甘えて、俺のこと甘やかしてくれるんだろ？」

「っ……」

射るように真剣な眼差しで言われて、響太は息を呑んだ。そういうのはちょっと違うと思うのに、拒んだらいけないような気がしてしまう。

「ほら、出ちゃう前におねだりしないと」

ゆるゆると脚を触りながら、聖が股間を覗き込んでくる。ふうっと息が根元にかかって、響太はぞくぞくと身悶えた。

「や、ぁ、ああっ……」

「出ちゃうとこ見て、は？」

間近でじっくりと見られている、と思うだけで、先走りがさらに滲むのが自分でもわかった。張りつめきった性器は痛いほどで、達っちゃう、と響太は思う。

見られるだけでも極めてしまう。

「は、ぅっ……あ、見、見て、ぇ……っ、で、ちゃう、とこ、……っ」

いやらしいことを口走るなんて恥ずかしい。でも、見て、と言うと胸がどきどきして、響太は涙ぐんだ。

「も、いっちゃう……」

「いいよ、出して」

聖は響太の性器の根元に口づけた。そのまま袋の部分をねっとりと包み込まれて、真っ白な光が意識を貫く。

「あっ……あ、ぁあっ、あ……ッ」

くちゅくちゅと舐め転がしながら、聖は揺れる響太の性器を見つめている。じぃん、と尿道が疼いて、響太は腰を揺らした。限界はもう近かった。

「んぅっ、かお、かおに、かけちゃうっ……」

このまま達したらたぶん聖の顔にも精液がかかってしまう。それは申し訳なくて、我慢したいのに、聖は唇を性器につけたまま、ふっと微笑んだ。促すように根元を舌でつつかれて、鋭い射精感が駆け抜ける。

「――っ、……っ、あ、……っ」

予想どおり、聖の頬にも白いものが飛んだ。聖はそれを指で拭って舐め取りながら、どうすることもできずに射精し続ける響太を見つめてくる。

「ん、思ったより出てるな」

聖が嬉しそうに呟くあいだもとまらずに、ぴゅ、ぴゅ、と何回も零れた。絞り取るように扱かれると痛いような快感が生まれ、悲鳴みたいな喘ぎが喉をつく。

「ひぁっ、い、あっ、は、……あぁ……っ」

「まだちょっと滲んでる」

達したせいで耳鳴りがするほどなのに、聖はなおも亀頭を口に含んだ。啜《すす》られて、わずかに管《くだ》に残った体液が出ていく感触は強烈だった。

「――っ、ぁ、ああッ、あ、あ――ッ」

再度達したような衝撃で、背中が反り返った。しつこく吸った聖が口を離しても、快感だけがくすぶって、何度もぴくん、と全身が揺れる。

「はぁっ……あ、……は、……っあ、……」

長い絶頂感が薄まったときには息も絶え絶えで、聖に腹から胸を撫でられると、気持ちいいのが苦しかった。

「あ……ま、待って……ま、だ、耳、なり……」

「触ってるだけ」

「はぅっ、あ、あっ、乳首……あぁっ」

つまんだ乳首を、聖はくにくにと弄《もてあそ》ぶ。達ききってぼうっとした意識がさらに霞みそうになって、
響太は口元に手をあてがった。指を噛んで、少しでも平静に戻りたかった。

聖は怒ったみたいに顔をしかめる。

「そのポーズえろいぞ」

「え、えろくな、……ふ、ぁあ……っ」

突起の先をひっかかれると、おなかの奥が疼いた。いじられ続けたら、きっとまた射精してしまうだろう。

「ひじり……っ、もう一回、いっ、たら、疲れ、ちゃうよ……っ」

「うん？　乳首で達きそうなのか？」

「だって、あ……おなか、きゅんって……あ、は、ぁっ」

孔をほぐされたわけでもないのに、奥がとろけそうだった。ぐすっ、と啜り上げて、響太はもじもじと腰をくねらせた。

「なか、入れてよっ……ひとりでいくの、やだ……」

「――響太、すぐ入れてって言うよな」

唸るように、聖は言った。怖いくらいの表情に、響太は目を潤ませた。

「ひじり、いや……？」

「全然いい。けど……そのおねだりされると、焦らせないから悔しい」

「く、くやしいって……ん、あッ」

ぐっと脚を持ち上げられて、腰の下に枕を入れられる。こうしたら少しは楽だろ、と言う聖の口調がいつもより早くて、今度は胸が痺れた。

聖が自分をほしがっている、と感じるのが、気が遠くなるほど嬉しい。

指先で孔を探られながら、響太は聖を見つめた。

「ひじり、のも……さわりたい……」

「触るって……おまえ」

「ひじりも、おっきくなって、気持ちよくなってるって、見たい、もん」

「……俺がおまえのおねだりに逆らえないと思って可愛いことばっかり言いやがって」

一瞬噛みつきそうな顔をした聖は、響太の身体を起こした。かわりに自分が横たわり、響太の尻が聖の顔の上に来るような体勢でまたがらせる。

「これで一緒にできるだろ」

「ん……っ」

自分では絶対に見られない場所を見られるのは、やっぱり恥ずかしい。それでも、聖のものに触れるのは嬉しかった。しっかり角度をつけて大きくなっている性器に、うっとり触れる。

「すべすべして、きもちい、……ん、は、ぁ……ッ」

頬をすり寄せるようにして聖の股間に顔を近づけると、ぬるりと孔に潤滑剤が塗られるのがわかった。襞のひとつひとつに塗り込むように、丁寧に撫でられ、えぐるようにして指が入ってくる。

「――っ、ふ、あ、……あ、ぁ……」

痛みはなく、むずむずする快感がもどかしかった。浅い場所を拡張するように出し入れされ、ゆっくり指がうずめられて、自然と腰を振ってしまう。

「あっ……ん、あぁ、なか……っ、好きっ……」

「入れるとすぐ腰振るもんな。――吸い込まれそうだ」

声にあわせてぐぐっと指が入ってきて、うなじまで快感が伝わっていく。自分でも、そこがとてもやわらかいのがよくわかった。

「は、ぅ、きも、ち……い、あ、はぁ……っ」

二本目を挿《さ》し込まれ、悶えるように身体をしならせながら、響太は聖の性器を掴んだ。じんわり熱を帯びたそれを大切にこすり、口を開けて含み込む。

「……く」

「んむっ……お、いし……あ、む……っんむ、」

舐めるとわずかな塩気がして、鈴口から先走りが滲んでくる。とろん、とまなじりを下げて、響太はキャンディみたいにそれをしゃぶった。聖のものを舐めるのは二回目だけれど、前よりもっとおいしい気がする。

もっとほしくてちゅるちゅると啜ると、指でいじっている孔をさらに広げるように、聖が尻に手をかけた。

「あ……？　あ、や……あぁっ……！」

くぱ、と左右にひっぱられてひらいた孔に指をひっかけるようにされ、そこがすうすうした。

「すごい、ひくひくしてる。俺も舐めるからな」

宣言して、すぐさまねっとりと舌が這わされ、かあっと視界が真っ赤になった。

「や、ぁ、あっ……ああっ、アッ、ぁ……っ」

尖らせた舌の先が、出たり入ったりする。ただ舐められるのと違い、中まで唾液で潤されるのは初めて味わう快感で、響太は聖の下腹部にぺたりと頰をつけたまま、口を閉じられなくなった。喘ぐしかない唇の端から、唾液が垂れて流れていく。

「ふ、ぁあ、あーっ……だ、めぇ……」

「だめ？　なにならいい？」

意地悪なくらい優しい声で聖が訊いた。響太はぎこちなく指を聖の性器に絡めた。

「ひじ、り、の……これっ……これ、入れて」

「嬉しいよ」

聖が尻から手を離して起き上がる。響太は起き上がれずにころりと横に転がってしまい、聖はその向きのまま、響太の脚を抱え上げた。

ベッドヘッドのほうに足が来る向きでセックスしたことなんかなく、向きを変える余裕もないのだ、と思うとぞくぞくした。完璧に臨戦態勢になった聖のそれが、こすりつけられ、孔をふさぐ。

「力抜いてろよ」

獰猛《どうもう》なほどの目をしているくせに、聖はちゃんとそう言って、ぐっと腰を押しつけてきた。

「――っ、……は、……あ、ぁ、あ……ッ」

みちっ、と空洞をふさぐ聖の雄が、圧倒的な質量で沈み込んでくる。いつもより硬い、と思うと竦むように内壁が締まり、聖が低く呻いた。

「力、抜けって。入らない」

「だ、って……あ、ぁ、……あ、あッ……！」

くにゅ、と乳首を揉み潰されて、瞬間的に生まれた快感に高い嬌声《きょうせい》が溢れ出る。その隙にずぶりと押し込まれ、響太は全身を震わせた。

「あ、……あ、あつい、の……は、い、って……あ、……」

「中、とろとろしてる」

ふーっと長いため息をついて、聖は身体を倒した。結合した部位を捏《こ》ねあわせるように強く押しつけ、響太の顔を覗き込む。じっと見下ろされ、ゆすっ、と突き上げられて、火花が弾けるように快感がほとばしり、響太はまた達した。

「ッ、ア、……あ、ア、……あ……っ」

不規則に下腹部が痙攣《けいれん》し、響太の性器からはとろりと透明な汁が零れる。喘ぎにあわせてゆるんだり締まったりする内襞で、くっきり聖の硬さを感じられた。

「響太、達った？　すげえ締まってる」

掠れた声で囁いて、聖はなおも腰を使ってくる。じんじんと痺れる最奥《さいおう》を先端で突きくずされて、響太はなす術《すべ》なく絶頂に追いやられる。

「——っ、ひ、……あ、……っ、……！」

「可愛い。精液出てないよな……ほんと、可愛い」

「ふ、ぁ、ん、……っん、ふ、ぁ、ん……っ」

熱っぽくキスされ、口の中をかき回されて、頭がふわふわした。気持ちがいい、よりもっと激しい。ひらいているはずの視界はよく見えなくて、聖の顔を見ようとすると涙が出た。

苦しい。でも、どくどくと脈打つように存在を主張する聖のものが、自分の身体にはまっているのが嬉しい。

「……ひ、じ……り、……ひじり……っ」

どうしていいかわからなくて、響太はただ聖の名前を呼んだ。全身びっしょりと濡れているようで、指先ひとつ満足に動かせなくて、怖いくらいに気持ちよかった。

「こ、こわれ、ちゃう……っ、きもち、くて……こわ、れる……っ」

どっと涙が溢れて、しゃくり上げて訴えると、聖は髪を撫でてくれた。

「壊れてないよ。お尻で達っただけ。前も、ちょっとできてただろ」

「し、らな……あ、あ、動かな、あーっ……！」

ずくっ、と少し強く穿たれて、一瞬、気が遠くなった。ふわふわと意識が揺れて、ひどくぼうっとしている。聖に揺さぶられるままに揺れて収縮を繰り返す下半身が、自分のものではないように思えた。なにも思いどおりにならないのに、こんなに気持ちがいいなんて。

「あぅっ……あっ、い、いくっ、また、い、っちゃ、あ、ン、ん……っ」

熱で浮かされたように喘ぐと、聖は動きを強くした。容赦《ようしゃ》なく、どっしりした塊で奥を突き、捏ね回してはまた突き上げる。

「いっ……あ、いく、ぅ、い、くって、ば、ひ、……んッ、あぁっ」

「お尻で達きそう？」

「んんっ、お、おひりでいくっ……いくから、あ、あ、アっ！」

ひときわ強く、神経をかき鳴らされるような激しい愉悦《ゆえつ》が身体の芯を貫き、響太はぴんとつま先まで強張らせて達した。

聖が苦しげに息を吞み、そのまま何度もピストンする。

いくらもたたずにじゅわじゅわと体内が濡れる感触がして、響太はとろけたままほっとして、無意識に微笑んだ。

「……ひ、……じ、り……」

自分の身体で好きな人が感じて、達してくれるって、なんて嬉しいのだろう。抱かれて、隙間なく埋めてもらって、極限まで気持ちよくしてもらって、同時に聖のことも気持ちよくできるのだ。

(聖。俺、ちゃんと聖を、甘やかせてる?)

あとの二回も、夢中になるくらい気持ちよくなってもらえるだろうか。

もっとしてほしいことがあったら言って、と言いたかったのに、ゆっくり聖が抜けていくのを感じると、まぶたがすとんと下りた。太くしっかりしたものを失って、身体の中がすうっとする。もったいない、と思いながら響太は聖に手を伸ばそうとして、抗《あらが》えずに眠りに落ちた。

◇　庭の朝　――にじ色――　◇

「ごめんね……」

朝。焼きたてでほかほかのホットケーキを前に、フォークを握って響太はしょんぼり肩を落とした。

昨日の夜、ちゃんと三回するつもりだったのに、結局一回終わったら寝てしまったのだ。

「ずっと寝不足だったんだからしょうがないだろ。よく眠れたか？」

角を挟んで隣に腰かけ、聖は自分の分をホットプレートから皿に移した。スライスした苺を載せて粉砂糖を振れば完成で、バターを添えて蜂蜜《はちみつ》をかけると、びっくりするくらいおいしい。

「うん。すごく寝た」

信じられないくらい身体が軽かった。どこも痛くなくて、心も晴れやかで、身体中すみずみまで潤っている。

こくんと頷いた響太に聖は目を細めて、バターを響太のほうに差し出した。

「冷めないうちに食べな」

「ん。いただきます」

たっぷりバターを取って、蜂蜜もいっぱいかけて、響太はナイフを入れた。ざっくり大きく切って、口いっぱいに頬張る。

「……んんん、おいひ……ん、んぐ」

「欲張って食うなよ、喉につまるぞ。また、粉砂糖つけて」

笑って聖が口の端を拭いてくれ、ごくんと飲み込んだ響太は照れて赤くなった。

「こ、こういうのも好きなの？」

「どれ？」

「口拭いたりとか」

「ああ……そうだな。めちゃくちゃ好きだぞ」

平然と聖は頷いて、聖ってちょっと変だよなあ、と響太は思った。お世話するのが好きなんて、絶対変わっている。

じっと見ていると、ちらりと一瞥した聖がかすかに笑った。

「ほかにも、洗濯は洗ったのを響太が使うのが可愛いから好きだし、一緒に風呂入るとおまえが無防備になんでもやらせてくれるから好きだし、掃除は綺麗になったところでおまえがごろごろしてくれるから好きだし、食事はおまえがうまそうに食べてくれて、なおかつ自分の作ったものがおまえの血肉になると思うと踊り出したいくらい好きだ」

「へ、へえ……そうだったんだ」

すごいなあ、と思ってホットケーキを頬張り、でも、と響太は口をひらいた。

「たしかに、自分のしたこととか、作ったもので、誰かが快適になったり、幸せになったりするのは、すごく嬉しいかも。展示会でいろんな人が見てくれてるんだなって実感したら、感動したもん」

「ちょっと違うけど、まあ、そうだな」

聖は愛おしそうに目を細めた。

「ケーキも、一番は響太が『おいしい』って喜んでくれることだけど、ついでにほかの人も笑顔にできたらいいだろうなって思うよ」

「だよね。聖のケーキおいしいもん、みんな幸せになれると思う」

ホットケーキだってこんなにおいしいのだ。食べると、胸の底からきらきらした喜びが湧いてくる。プリズムのようにきらめく、あまい幸せ。

いつか聖のひらくお店の中にも、こんなふうに明るい虹色が舞うんだろう。みんながちょっと笑顔になって店を出る、居心地のいい空間の隅っこには、響太もちゃんとおさまっている。

「どうせなら、店内でもケーキが食べられると楽しそう」

「イートイン？　サロンドテもいいかもしれないな」

「なにそれ」

「ケーキっていうより、デザートっぽくしたスイーツを出してお茶飲ませるところ」

「あー……作りたて、おいしいもんね」

聖が二皿目のホットケーキを焼き、またたっぷりと苺と粉砂糖で飾ってくれる。それを切り分けながら、いいなあ、と思った。他愛ない夢みたいな未来の話をするのも、けっこういいものだ。

いつか別離が来ることに変わりはないけれど、響太は聖のことなら信じられる。たぶん、どんな嘘でも、聖なら本当にしてくれるから。

ぺろりと二皿目も食べ終えて、響太は頬杖をついてお茶を飲む聖を見つめた。見慣れすぎていつでも絵に描ける、大好きな顔が、たじろいだようにちょっとだけしかめられる。

「なんだよ、そんなに見て」

「うん。あのね。キスしてほしいなと思って」

「――」

「おまじないじゃなくて、好きのキス」

「……おまえ」

「あとね、聖がしてほしいことがあったら言ってね。ほんとは昨日の夜、そう言おうと思ってたんだけど、寝ちゃったから。なんでもする。ときどきはきっと無理しちゃって、また迷惑かけるかもしれないけど」

好きだなあ、と思うのだ。生きていてよかったな、と思うくらい。ほんもののうさぎじゃなくてよかった、と心から思うくらい。

「聖のこと、好き」

じいっと見つめて言ったら、聖はしばらく黙ったあと、ため息をついた。

「たった一晩でめちゃくちゃ上手になったじゃん、甘え方」

「そう？　前とそんなに変わらないと思う」

「変わらないけど、変わったよ。――可愛い」

ぶっきらぼうに聖は言い、響太の頭を引き寄せる。響太はちょっとだけお尻を浮かせて、自分からも唇を寄せた。

あとがき

こんにちは、または初めまして。リンクスさんで八冊目、トータル十七冊目になりました葵居《あおい》です。

今回は、『箱庭のうさぎ』の続編です。十七冊目にして初めて、続きのお話というのをお仕事で書かせていただくことになり、響太《きょうた》と聖《ひじり》はその後どう暮らすのかなと考えたのですが、お互いへの気持ちは絶対ゆらぎそうにない二人だったので、恋愛的にはあまり波風のない展開になりました。

そのかわり、響太がちょっとだけ大人になって、幸せ度がアップした（はず）の二人を楽しんでいただけたらなあと思いながら書きました。年齢のわりには幼すぎるというか、足りないところだらけな響太も、ちょっとずれたところを残しつつも、これからは健やかになっていくといいなあと思います。

『箱庭』の頃から、メインの二人は食事シーンとエッチシーンが書いていてとても楽しい二人だったので、思いがけなくもいろんな方に気に入っていただき、楽しいシーンをまたたくさん書くことができて、今までの作品の中でも思い入れのあるものになりました。

できれば成原《なりはら》さんにも素敵な恋人を登場させたかったので、そこだけちょっと残念でし

あとがき

たが、皆さまは幸せな気持ちで読み終えていただけましたでしょうか。日々のなにげないごはんとおやつに、幸せを感じてもらえたら本望です。続編を書くことができたのも読者の皆さまの応援あってのことなので、ご恩返しできているといいのですけれど。

イラストは、前作に引き続き、大好きなカワイチハル先生に担当していただきました！『箱庭』とおそろいな表紙で、今回はピンク色。飛び跳ねるうさぎさんもちょっとおてんばな感じになって、何度見ても嬉しくなります。響太のぎゅってなった足や独占欲が丸出しの聖の手に、皆さまもときめいていただけてると思います♪

カワイ先生、お忙しい中本当にありがとうございました。

いつも的確なフォローと励ましをくださる担当様、校正者様、ここまでお付き合いくださった読者の皆様にも、改めて、心からお礼申し上げます。

最近恒例になりました、ブログでのおまけSSも公開しますので、読んでやってくださいね。**http://aoiyuyu.jugem.jp**
どこか一か所でも気に入っていただけていることを祈りつつ、また次の本でもお目にかかれれば幸いです。

二〇一六年十一月　葵居ゆゆ

はちみつハニー

葵居ゆゆ
イラスト：**香咲**

本体価格855円+税

冷血漢と言われる橘は、ある日部下の三谷の妻が亡くなったことを知る。挨拶に訪れた橘を迎えたのは三谷の五歳になる息子・一実だった。そこで橘は三谷から妻の夢を叶えるためパンケーキ屋をやりたいと打ち明けられる。自分にはない誰かを想う気持ちを眩しく思い、三谷に協力することにした橘。柄でもないと思いながらも三谷親子と過ごす時間は心地よく、橘の胸には次第に温かい気持ちが湧きはじめてきて…。

リンクスロマンス大好評発売中

夏の雪《なつのゆき》

葵居ゆゆ
イラスト：**雨澄ノカ**

本体価格855円+税

事故で弟が亡くなって以来、壊れていく家族のなかで居場所をなくした冬は、ある日衝動的に家を飛び出してしまう。行くあてのない冬を拾ったのは、偶然出会った喜雨という男だった。優しさに慣れていない冬は、喜雨の行動に戸惑うが、次第にありのままを受け入れてくれる喜雨に少しずつ心を開いていく。やがて、喜雨に何気なく触れられるたびに、嬉しさと切なさを感じはじめた冬は、生まれて初めて人を好きになる感情を知り…。

狼だけどいいですか？

おおかみだけどいいですか？

葵居ゆゆ
イラスト：青井 秋

本体価格855円+税

人間嫌いの人狼・アルフレッドは、とある町で七匹の犬と一緒に暮らす奈々斗と出会う。親を亡くした奈々斗は貧しい暮らしにも関わらず捨て犬を見ると放っておけないお人好しだった。行くあてがなかったアルフレッドは、奈々斗に誘われしばらくの間一緒に住むことになるが、次第に元気に振る舞う彼が抱える寂しさに気づきはじめる。人間とはいつか放っておけない気持ちになったアルフレッドは…。

リンクスロマンス大好評発売中

囚われ王子は蜜夜に濡れる

とらわれおうじはみつやにぬれる

葵居ゆゆ
イラスト：Ciel

本体価格870円+税

中東の豊かな国――クルメキシアの王子であるユーリは、異母兄弟たちと異なる母譲りの金髪と銀色の目のせいで、王宮内で疎まれながら育ってきた。そんなある日、唯一ユーリを可愛がってくれていた父王が病に倒れ長兄のアゼールが王位を継ぐと、ユーリは「貢ぎ物」として隣国へ行くことを命じられる。そのための準備として、アゼールの側近であるヴィルトに淫らな行為を教えられることになってしまったユーリ。無感情な態度で自分を弄んでくるヴィルトに激しい羞恥を覚えるものの、時折見せられる優しさに、次第に惹かれていくユーリは…。

箱庭のうさぎ

はこにわのうさぎ

葵居ゆゆ

イラスト：カワイチハル

本体価格870円+税

小柄で透き通るような肌のイラストレーター・響太は、中学生の時のある出来事がきっかけで、幼なじみの聖が作ってくれる以外のものを食べられなくなってしまった。そんな自分のためにパティシエになり、ずっとそばで優しく面倒を見てくれている聖の気持ちを嬉しく思いながらも、これ以上迷惑になってはいけないと距離を置こうとする響太。だが聖に「おまえ以上に大事なものなんてない」とまっすぐ告げられて…。

リンクスロマンス大好評発売中

君が恋人にかわるまで

きみがこいびとにかわるまで

きたざわ尋子

イラスト：カワイチハル

本体価格870円+税

会社員の絢人には、新進気鋭の建築デザイナーとして活躍する六歳下の幼馴染み・亘佑がいた。十年前、十六歳だった亘佑に告白された絢人は、弟としか見られないと告げながらもその後もなにかと隣に住む亘佑の面倒を見る日々をおくっていた。だがある日、絢人に言い寄る上司の存在を知った亘佑から「俺の想いは変わっていない。今度こそ俺のものになってくれ」と再び想いを告げられ…。

喪服の情人《もふくのじょうじん》

高原いちか
イラスト：**東野 海**
本体価格 870 円+税

透けるような白い肌と、憂いを帯びた瞳を持つ青年・ルネは、ある小説家の愛人として十年の歳月を過ごしてきた。だがルネの運命は、小説家の葬儀の日に現れた一人の男によって大きく動きはじめる——。亡き小説家の孫である逢沢が、思い出の屋敷を遺す条件としてルネの身体を求めてきたのだ。傲慢に命じてくる逢沢に喪服姿のまま乱されるルネだが、不意に見せられる優しさに戸惑いを覚え始め……。

リンクスロマンス大好評発売中

溺愛社長の専属花嫁《できあいしゃちょうのせんぞくはなよめ》

森崎結月
イラスト：**北沢きょう**
本体価格870円+税

公私共にパートナーだった相手に裏切られ、住む家すら失ったデザイナーの千映は、友人の助けで「VIP 専用コンシェルジュ」というホストのような仕事を手伝うことになった。初めての客は、外資系ホテル社長だという日英ハーフの柊木怜央。華やかな容姿ながら穏やかな怜央は、緊張と戸惑いでうまく対応できずにいた千映を受け入れ、なぐさめてくれた。怜央の真摯で優しい態度に、思わず心惹かれそうになる千映。さらに、千映の境遇を知った怜央に「うちに来ないか」と誘われ、彼の家で共に暮らすことになる。怜央に甘く独占されながら、千映は心の傷を癒していくが——。

お金は賭けないっ《おかねはかけないっ》

篠崎一夜
イラスト：**香坂 透**
本体価格 870 円+税

金融業を営む狩納北に借金のカタに買われた綾瀬は、その身体で借金を返済する日々を送っていた。そんな時、綾瀬は「勝ったらなんでも言うことを聞く」という条件で狩納と賭けを行う羽目に。連戦連敗の綾瀬はいいように身体を弄ばれてしまうが、ある日ついに勝利を収める。ご主人様（受）として、狩納を奴隷にすることができた綾瀬だが !? 主従関係が逆転 (!?) する待望の大人気シリーズ第 9 弾 !!

リンクスロマンス大好評発売中

淫愛秘恋《いんあいひれん》

高塔望生
イラスト：**高行なつ**
本体価格870円+税

父親の借金のカタに会員制の高級娼館で働くことになった漣は、初仕事となるパーティで、幼なじみであり元恋人の隆一と再会する。当時アメリカに留学していた隆一に迷惑はかけられないと、漣は真実を明かさないまま、一方的に別れを告げていた。男娼に身を落としたことで隆一に侮蔑の眼差しを向けられるが、なぜかその日を境に毎週ごと指名され、隆一に身体を暴かれる。荒々しく蹂躙されるたび、漣は浅ましいほどの痴態を晒してしまい――？

月下の誓い

げっかのちかい

向梶あうん

イラスト：**日野ガラス**

本体価格870円+税

幼い頃から奴隷として働かされてきたシャオはある日主人に暴力を振るわれているところを、偶然通りかかった男に助けられる。赤い瞳と白い髪を持つ男はキヴィルナズと名乗り、シャオを買うと言い出した。その容貌のせいで周りから化け物と恐れられていたキヴィルナズだが、シャオは献身的な看病を受け、生まれて初めて人に優しくされる喜びを覚える。穏やかな暮らしのなか、なぜ自分を助けてくれたのかと問うシャオにキヴィルナズはどこか愛しいものを見るような視線を向けてきて…。

リンクスロマンス大好評発売中

月神の愛でる花
〜鏡湖に映る双影〜

つきがみのめでるはな〜きょうこにうつるそうえい〜

朝霞月子

イラスト：**千川夏味**

本体価格870円+税

ある日突然、異世界サークィンにトリップした日本の高校生・佐保は、皇帝・レグレシティスと結ばれ幸せな日々を送っていた。暮らしにも慣れ、皇妃としての自覚を持ち始めた佐保は、少しでも皇帝の支えになりたいと、国の情勢や臣下について学ぶ日々。そんな中、レグレシティスの兄で総督のエウカリオンと初めて顔を合わせた佐保。皇帝に対する余所余所しい態度に疑問を抱くが、実は彼がレグレシティスとその母の毒殺を謀った妃の子だと知り…。

溺愛君主と身代わり皇子《できあいくんしゅとみがわりおうじ》

茜花らら
イラスト：**古澤エノ**
本体価格870円+税

高校生で可愛らしい容貌の天海七星は、部活の最中に突然異世界へトリップしてしまう。そこは、トカゲのような見た目の人やモフモフした犬のような人、普通の人間の見た目の人などが溢れる異世界だった。突然現れた七星に対し、人々は「ルルス様！」と叫び、騎士団までやってくることに。どうやら七星の見た目がアルクトス公国の行方不明になっている皇子・ルルスとそっくりで、その兄・ラナイズが迎えに現れ、七星は宮殿に連れて行かれてしまった。ルルスではないと否定する七星に対し、ラナイズはルルスとして七星のことを溺愛してくる。プラチナブロンドの美形なラナイズにドキドキさせられ複雑な心境を抱えながらも、七星は魔法が使えるというルルスと同じく自分にも魔法の才能があると知り…。

リンクスロマンス大好評発売中

初恋にさようなら《はつこいにさようなら》

戸田環紀
イラスト：**小椋ムク**
本体価格870円+税

研修医の恵那千尋は、高校で出会った速水総一に十年間想いを寄せていたが、彼の結婚が決まり失恋してしまう。そんな傷心の折、総一の弟の修司に出会い、ある悩みを打ち明けられる。高校三年生の修司は、快活な総一と違い寡黙で控えめだったが、素直で優しく、有能なバレーボール選手として将来を嘱望されていた。相談に乗ったことをきっかけに毎週末修司と顔を合わせるようになったが、総一にそっくりな容貌にたびたび恵那の心は掻き乱され、忘れなくてはいけない恋心をいつまでも燻らせることとなった。修司との時間は今だけだ——。そう思っていた恵那だが、修司から「どうしたらいいのか分からないくらい貴方が好きです」と告白され…？

LYNX ROMANCE

小説原稿募集

リンクスロマンスではオリジナル作品の原稿を随時募集いたします。

募集作品

リンクスロマンスの読者を対象にした商業誌未発表のオリジナル作品。
（商業誌未発表のオリジナル作品であれば、同人誌・サイト発表作も受付可）

募集要項

＜応募資格＞
年齢・性別・プロ・アマ問いません。

＜原稿枚数＞
４５文字×１７行（１枚）の縦書き原稿、２００枚以上２４０枚以内。
※印刷形式は自由。ただしＡ４用紙を使用のこと。
※手書き、感熱紙不可。
※原稿には必ずノンブル（通し番号）を入れてください。

＜応募上の注意＞
◆原稿の１枚目には、作品のタイトル、ペンネーム、住所、氏名、年齢、電話番号、メールアドレス、投稿（掲載）歴を添付してください。
◆２枚目には、作品のあらすじ（４００字～８００字程度）を添付してください。
◆未完の作品（続きものなど）、他誌との二重投稿作品は受付不可です。
◆原稿は返却いたしませんので、必要な方はコピー等の控えをお取りください。
◆１作品につき、ひとつの封筒でご応募ください。

＜採用のお知らせ＞
◆採用の場合のみ、原稿到着後６カ月以内に編集部よりご連絡いたします。
◆優れた作品は、リンクスロマンスより発行させていただきます。
原稿料は、当社既定の印税でのお支払いになります。
◆選考に関するお電話やメールでのお問い合わせはご遠慮ください。

宛先

〒151-0051
東京都渋谷区千駄ヶ谷４−９−７
株式会社　幻冬舎コミックス
「リンクスロマンス　小説原稿募集」係

この本を読んでの
ご意見・ご感想を
お寄せ下さい。

〒151-0051
東京都渋谷区千駄ヶ谷4-9-7
(株)幻冬舎コミックス　リンクス編集部
「葵居《あおい》ゆゆ先生」係／「カワイチハル先生」係

リンクス ロマンス

虹色のうさぎ

2016年11月30日　第1刷発行

著者……………葵居《あおい》ゆゆ
発行人…………石原正康
発行元…………株式会社　幻冬舎コミックス
〒151-0051　東京都渋谷区千駄ヶ谷4-9-7
TEL 03-5411-6431（編集）
発売元…………株式会社　幻冬舎
〒151-0051　東京都渋谷区千駄ヶ谷4-9-7
TEL 03-5411-6222（営業）
振替00120-8-767643
印刷・製本所…株式会社　光邦
検印廃止

ISBN978-4-344-83849-9 C0293
Printed in Japan

幻冬舎コミックスホームページ　http://www.gentosha-comics.net